사랑에 대해

사랑에 대해

채송화 지음

사랑의 잔잔함이 평범해 보여도
진실된 심장은 변함없이 제자리이니

좋은땅

인생의 한 순간을 잠시 정리하며

인생의 한 순간을 책으로 엮으려고 하네

대단한 욕심은 아니고 그냥 그냥 책으로 엮으려고 하네

볼꼴 없는 인생의 한 순간을 책으로 남기려고 하네

대단한 욕망은 아니고 그냥 그냥 책으로 남기려고 하네

어느덧 인생의 황혼이 되어 웃으며 추억의 한 페이지를 펼쳐 볼 수
있었으면 하네

이렇게 하루하루 잘 살아지는 순간을 만들려고 하네

그냥 그럴려고 하네

사랑하는 모든 이들과 함께

2022년 8월 20일 4시 34분의 순간을 남기며

머리말 4

좀이라네 8 | 겨울전어느가을날에 9 | 새야 10 | 님 그리운 새벽의 시간 11 | 오늘이 가장 좋은 날 12 | 하루 13 | 참 좋은 하롱롱 15 | 사랑이라오 16 | 좋구나♡ 17 | 존재하는 것에 대해 19 | 어 20 | 고백 21 | 자유 22 | 똥개의 인생 23 | 기분 24 | 인생 25 | 빛길 26 | 부평초 27 | 님이구나 30 | 사랑해요♡ 31 | 순간 32 | 무제 33 | 사랑한다 고로 참으로 슬프구나 34 | 사랑한단다 36 | 쓸쓸함을 描하니 37 | 좋음이라는 것이 38 | 허무함에 대해 40 | 좋구나 얼쑤 41 | 손가락 끝만이라도 그대 온정 느낄 수 있다면♡ 42 | 매화나무 44 | 의 마음 45 | 안생은 한낮의 꿈 46 | 유리섬 48 | 악 50 | 무념무상 51 | 날 유혹해 줘 53 | 사탕 54 | 사람은 사랑을 할 때 가장 예쁘단다 56 | 평정심 58 | 사랑과 자존심 61 | 석양 63 | 도시 66 | 난 세상에서 제일 잘났어 69 | 오늘 뭘 할까 72 | 친구여 74 | 어린 전사 76 | ㅋㅋ 79 | 노래하자 81 | 반백의 여자 82 | 샤워 좀·극본 편 84 | 그대들은 꽃 중의 꽃 87 | 내일 죽음이 온다면 90 | 토요일은 이렇게 놀았어 91 | 바람이 분다 94 | 도라지 아줌마 95 | 정말 괜찮아? 97 | 고양이 트위스트 100 | 개미 세기 104 | 안식처 106 | 거짓과 진실 108 | 지옥을 춤추다 110 | 꽃잎 떨어지며 111 | 살아는 있는데 113 | 유산(遺産) 117 | 바보처럼 사는 것이 더 행복할 수도 119 | 자~ 오너라 122 | 어제하루는 125 | 핫둘 핫둘 127 | 맹인 129 | 장구 춤 131 | 차거운 남자 134 | 포도 따는 여인 136 | 舞 138 | 그냥 하루하루 140 | 오늘 하루도 142 | 누가 꽃이 아름답기만 하다고 했느냐 143 | 상쾌한 하루는 146 | 청춘 최고 148 | 아침 150 | 순간 153 | 오늘 하루를 돌아보며 156 | 얼쑤♡ 159 | 얼쑤 160 | 환영 162 | 세상살이 164 | 홈 165 | 새벽의 빛과 함께 166 | 점 168 | 사랑의 원망 170 | 지옥 173 | 미움이 싹트니 175 | 緣 177 | 어이 친구여 180 | 그녀의 맛 182 |

비상 183 | 하늘아 그만 울거라 185 | 보고 싶소 187 | 바닥의 심장 189 | 또다시 찾을 것이니 191 | 기다려요 193 | 흰색 종이 195 | 사랑이란 197 | 자기야~♥ 199 | 고양이 야옹 201 | 그대만을 위해 203 | 이 순간을 살거라 204 | 사랑은 모든 것입니다 205 | 흠 ~ 207 | 그냥 마음 따라 사랑하면 됩니다 209 | 싸구려 심장 213 | 관 속 216 | 여 이쁜 아가씨여 218 | 대지 221 | 미치겠엉 223 | 이면성 226 | 깨어나시게나 228 | 그녀를 타 고 230 | 독향기 233 | 평화롭기 거지없는 일요일 235 | 나를 짜면 뭐가 나올까 238 | 배 신자 240 | 불행에 대해 242 | 삶 246 | 새벽의 평온함이여 249 | 나와 내 주변의 여러 사람들 251 | 생명에 대하여 254 | 곁에 없지만 남아 256 | 요즘따라 259 | 지옥의 썩은 냄새 261 | 나의 인생 263 | 인간은 아름다운 것 같아 265 | 풍악을 울리거라 267 | 그 이유를 말해보시오 269 | 할미꽃 270 | 허공 272 | 아주까리 모르는 게 273 | 인생을 횡 설수설하다 275 | 오늘의 마음가짐 277 | 별거인 아닌 놈 279 | 핼러윈 데이 280 | 추운 아침인가요 281 | 스트레스 282 | 인생의 의미 284 | 뭔가 모르겠지만 좋구나 286 | 돗 자리를 폈음 288 | 웃고 290 | 참 좋은 하룽룽 291 | 그냥저냥 292 | 비가 온다 295 | 좋 은 아침 298 | 자유 302 | 기분 303 | 인생·잡초 304 | 상상과 우주 305 | 사람 人 308 | 순간 310 | 지금 이 순간 311 | 딸기 하룽룽 313 | 사랑아 314 | 느림의 만족 316 | 그리 움을 논하다 318 | 초승달 319 | 참 좋은 하루입니다 321 | 고마움에 대해 323 | 인생은 한낮의 꿈 324 | 조용함에 대해 326 | 늘 그대만 있다면 327 | 흠~ 텅 비어 있는 오후시 간♡ 330 | 어쩌하리오 332 | 허무하구나 333 | 허무하여 335 | 순간도 336 | 눈이 옵니 다 337 | 고즈넉한 오후시간♡ 339 | 오늘도 반하다 341 | 무덤덤 342 | 오~~~~~♡ 오 후의 태양이시여 343 | 맛을 느낄 수가 없구나 345 | 고독하게 산다는 건 347 | 인생 소 나타 349 | 2월 4일 351 |

○○ 가 살자 353 | 청춘 355 | 와우 좋구나 357 | 착_ _ _ _/착\ 358 | 짜증 소나타 359 | 유전자 결핍 소나타 361 | 그리움이 뭉게뭉게 363 | 보내지는구나 365 | 보고프나 367 | 행복만 하세요 368 | 처량한 날이란다 370 | 꽃도 피고 지고 또 피는데 372 | 묘하구나 374 | 자면서 376 | 자기냥냥~♡ 악♡ 378 | 사랑은 더 큰 사랑으로 381 | 지금 이 순간 383 | 딸기의 기분 385 | 어제의 이어지는 상상 387 | 그대양~ 389 | 구름이여 390 | 잠시라도 392 | 비타민 393 | 사람이 좀 되고 생각해보니 394 | 헛웃음이로다 396 | 헤헤 398 | 문뜩 드는 생각이~ 400 | 사랑을 주고받는다는 것은~♡ 402 | 이러면 어떠하리 저러면 어떠하리 404 | 오늘따라 406 | 지화자 좋구나 408 | 이 시간 409 | 가리라 410 | 비가 오는구나 411 | 허무함에 대하여 413 | 완벽함에 대하여 414 | 불완벽함에 대하여 416 | 생각을 해보니♡ 418 | 357 419 | 심히 심심 420 | 나는 가인이어라 421 | 고요하구나~ 423 | 순간의 끝이 만나 424 | 행복에 대해 425 | 눈을 뜨고 427 | 봄인가 봐 429 | 달이 참 이쁩니다 431 | 비가 오나 봐 432 | 미친 바람에 꽃잎 떨어진다 너무 슬퍼 말거라 433 | 감사합니다 435 | 아침 437 | 명상 중 438 | 사랑에 불신이 들면 440 | 사랑합니다 442 | 슬프구나 443 | 늙어 감에 대해 445 | 한숨 446 | 오늘도 좋구나\ 448 | ♡ 451 | 자연에 대해 452 | 나는 오늘도 사랑을 기록하고♡ 454 | 새벽녘의 사색 455 | 스트레스의 근원? 458 | 라는 것에 460 | 일상 461 | 신이 그대의 육체만이라도 남겨주시오니 464 | 예수님과 부처님에게 467 | 왕왕 비타민에게 470 | 이쁘고 471 | 무제 473 | 물 사러 가면서 한 수 ㅋㅋㅋ 475 | 참으로 좋은 날입니다♡ 476 | 좋은 꿈을 꾸었단다 479 | 보입니다 482 | 사랑으로 인류를 그리며 484 | 세월이 유수구나 486 | 오늘도 사랑 많이 489 | 사색을 하며 491 | 아름다운 세상을 만들고 싶더라 492 | 세탁기 495 | 달아♡ 497 | ♡달아♡ 499

좀이라네

眼泪가 피같이 되어있지를 아니한다고 하여
心脏이 피같이 되어있지를 아니한 것은 아니라네
理性이 시퍼리 죽어있지를 아니한다고 하여
灵魂이 시퍼리 죽어있지를 아니한 것은 아니라네
相思를 지독히 성토하지를 아니한다고 하여
情爱을 지독히 성토하지를 아니한 것은 아니라네

20111030

겨울전어느가을날에

떨어지는 단풍잎 내 마음쓸어 내리니
황홀한듯 서글픈 듯 운치한번 좋구나
모습숨긴 새소리 내 귓가흘러 내리니
경쾌한듯 조용한 듯 정서한번 좋구나

20111031

새야

이 이른 새벽 검푸른 창공을 힘 있게 나는 자유의 새야
그 끝도 없이 장마 따라 흐르던 하늘의 빗물은
이미 간 지 오래 건만
내 이 처마 끝 떨어지는 빗물은
하염의 그 끝을 알 수가 없구나
내 이 보잘것없는 오두막 처마 한번 휙 들러주시어
진실의 부탁 한번 인내 안고 들어주렴

이 이른 새벽 차디찬 찬 공기 힘차게 가으르는 영혼의 새야
저 높디높은 새벽의 구중천도
불타던 노을의 재로 여백 없이 덮였건만
내 이 마음속 불타는 불꽃은
끈질김에 강인함만 더해 가고 더해 가는구나
동글방글 빗물 속에 진정 한번 새겼으니
무겁다 푸념 말고 한번 들러 전해다오

처마 밑 그리움에 뚫려버린 작은 돌 위
고이올린 사랑 편지 너만 오길 기다리니
짜증 한번 내지 말고 어이 물어 전해다오

새야

20211102

님 그리운 새벽의 시간

차거우나 따뜻한 베갯잇 끌어안으니
그리운 님의 그림자 살포시 찾아오네

차거운 새벽 피어오르는 천 송이 사랑꽃
허상인들 상상인들 무엇이 그리 중하겠느냐

차거우나 애틋한 새벽공기 몸속을 누비니
그대의 짙은 향기 동반되어 스며드네

푸르른 새벽 피어오르는 천 송이 안개꽃
진짜인들 가짜인들 무엇이 그리 중하겠느냐

말라버린 눈물에도 심장은 변함없이 울고
냉정한 두뇌에도 사랑의 낙인은 짙어만 가니
사랑에 목말라 죽어 가던 어리석은 영혼
오늘도 상상 속 스며드는 그대 향기 마시며
혼혼돈돈 속세의 욕정에 취하기만 하는구나

20211104

오늘이 가장 좋은 날

늦가을 바람 햇빛 타고 솔솔솔
옛 추억 깻잎냄새 찐하게 동반하며
할매의 푸른 앞마당 눈앞에 그려 주네

추억은 아련하나 이미 지난 시간들
지금의 이 시간 황금이라 일컫으니
오늘도 멋진 인생 발밑에 써 내려가네

20211107

하루

하루가 갑니다
사랑을 싣고
하루가 갑니다
그리움 싣고
하루가 갑니다
보고픔 싣고
하루가 갑니다
마음을 싣고

세월이 갑니다
하루를 싣고
세월이 갑니다
오늘을 싣고
세월이 갑니다
현재를 싣고
세월이 갑니다
순간을 싣고

순간에 방울 하나 딸랑
순간에 사랑 하나 딸랑
순간에 키스 하나 딸랑
순간에 허그 하나 딸랑

딸랑 딸랑 딸랑 딸랑
풍령이 춤을 추니
뛰는 가슴 진정 위해
한숨 한번 크게 했네

오늘도 그대 인생 가장 좋은 하룽
내일도 그대 인생 가장 좋은 하룽
또 내일도 그대 인생 가장 좋은 하룽룽

되시길 마음 다해 기원합니다

오늘도 한 하늘 아래 존재해 주심에
변함없이 고맙고 감사한 마음이니
변함없이 보고 싶고 사랑하는 마음을
진심 담아 전합니다

사랑합니다

20211107

참 좋은 하릉룽

둥실둥실 목화구름 내 마음이고
싱글싱글 산들바람 내 기분이고
샐쭉샐쭉 웃는풀잎 내 얼굴이고
톡톡톡톡 뛰는심장 내 사랑이고
두리두리 찾는것은 내 낭군이고
도리도리 보는것은 내 허상이고
동글동글 그린것은 내 꿈속이고
때굴때굴 굴린것은 내 키스라네

20211117

사랑이라오

미친 영혼 찢어 만든 찐~한 장미 한송이
썩어 가는 간장의 눈물 듬뿍 먹고 자랐네
뼛속 저미는 한기 속 지독한 사랑 뿜으니
그 처절한 요염함에 정신이 아찔하구나

20211119

좋구나♡

오랜만에 거니는 산책길
변함없이 고즈넉하고 새소리 간간하구나
따스한 햇빛 나만 따라다니나
그 따사로움에 뜨거워지니
이 두꺼운 거적대기 굳이 필요했나 싶구나

오늘도 내 인생 참으로 평범한 날이고
오늘도 내 인생 참으로 보잘것없는 날이니

오늘도 내 인생 속절없이 흐르는 듯하나
그 속절 속에 보이는 반짝이는 기쁨이 있었으니
그러하니 있었으니 그러하니 있었고 있었으니
그대의 그러하고 그러하고 그러한 모습이더라

사랑은 늘 그러하듯
오늘도 변함없이 손끝 타고 흐르니
그것이 전율되어 다시 돌아오지 않도록
차거운 나무라도 한 번 터치 두 번 터치? 세 번 터치?? 하고
가야겠구나

식혀주겠지

흠

청신한 공기 한번 마시고
달콤한 사랑 한번 느끼고

흠

인생이 꿈이라면 지금이 천당이니
그대와 함께하는 이 인생

그저

감사하고 감사하고 또 감사할 따름이구나

20211205

존재하는 것에 대해

존재하는 문제감과

존재하는 모순감과

존재하는 갈등감과

존재하는 마찰감과

존재하는 공포감과

존재하는 무력감과

존재하는 강박감과

존재하는 포기감과

존재하는 미련감과

존재하는 상사감과

존재하는 애틋함과

존재하는 사랑감과

존재하는 이유감과

존재하는 의미감과

존재하는 존재감과

존재하는 것에대해

20211206

어

귀신에게 홀리듯이 가는인생
정신이나 차리려나 몽롱롱롱
이로다

호랑에게 물려가듯 가는인생
정신줄과 동아줄은 참참으로
이로다

흐르듯이 가는인생 오는인생
칠색빛과 오색빛이 영롱롱롱
이로다

20211206

고백

그대는 나를 웃게 하는 비타민
그대는 나를 바보 만드는 마약
바보처럼 웃고 있는 나를 보고
다시 보니 그곳에는 있었다네

우주 최강 멋진 섹시한 그대가

사랑하노라 거절은 거절이니라
하트이니라 거절은 거절하노라
꿀꿈이니라 거절은 거절하노라

그러하나 그렇지만은 그러니까
꿈속만남은 거절하셔도 되니라

내쪼끔은오래살고싶으시니라

20111206

자유

홀연히 하늘을 나는 나의 영혼을 보았으니
그 자유로움에 질투가 일렁이어 미쳐가는구나

저 하늘 끝자락 검푸른 어둠 속
개 같은 악마가 서려 있다 할지라도
내 날 수만 있다면 어이 그깟 것이 두렵겠느냐

철석같이 매운 내 이 더러운 몸뚱아리
그 굳건함은 천 년 묵은 나무뿌리거늘
검푸르게 터져나오는 죄악의 울부짖음에도
지옥땅 끊임없이 솟아나는 것은 구차함 섞은 변명 동반한
구정물 줄줄 악취의 씨앗뿐이구나

추신

이 아름답지 못한 시는 오늘도 성심껏 최선을 다해 사랑을 주었으나
개보다도 못한 대접을 받은 삶의 올가미에 목이 매어있는 모든 구차
한 분들께 올리노라

20111207

22

똥개의 인생

세상만사 심히도 귀찮구나
다 버리고 버리고 버리고 싶구나
이놈의 정에 매이고 그놈의 사랑에 매이고
얼키고 설키고 얼키고 설키고 얼키고 설키고
끄트머리 어디메냐 덩쿨나무 내 신세로구나

내가 보기에도 이런 허언의 내가
참으로 딱하구나

그대만은 나에게 사랑만 주고
그대만은 나에게 자유만 주고
그대만은 나에게 관심만 주고
그대만은 나에게 진심만 주고
그대만은 나에게 주기만 주소
내가 보기에도 이런 망언의 내가
참으로 딱하구나

사랑을 구걸하나 사랑을 피하고
자유를 갈망하나 자유를 피하고
늘 그러한 똥개의 인생이로구나

나의 참으로 딱한 인생이로구나

20111207

기분

머리위에 검은 구름 묵직하고
마음속에 검은 안개 자욱하고
얼굴속에 억지 웃음 화려하고
행동속에 포기 기운 꿈틀하다

어둠속에 노래 소리 유유하고
안개속에 오색 빛이 간간하고
폭우속에 노란 우비 듬직하고
절망속에 빨간 첼리 유혹하니

슬픔속에 기쁜 희망 피어오고
눈물속에 편안 정서 찾아오고
무변속에 변한 기분 싹터오고
희망속에 사랑 상사 꽃이피네

20211208

인생

부질없고 속절없고 야속한 것이 인생이더라
주름주고 나이주고 괘씸한 것이 인생이더라
의지싹둑 꿈싹싹뚝 매정한 것이 인생이더라
흘러흘러 흘러지난 지나간 세월 야속하더라
얼굴주름 수많큼의 쭉정이 볍씨 야속하더라
인생이놈 주고갔단 그놈의 잉여 야속하더라
그초라한보잘것없음에새삼놀랍지도않더라~

20211208

25

빛길

어두움의공기타고차거움의비내리니
눈길들어하늘보니방울이주렴되더라
주렴뒤달덩이햇님이확피어떠오르니
어둠속한줄기반짝이는빛길이되더라
빛따른그리움힘든저하늘어둠속이니
숨한번쉰다한들애달픔만더해가더라
애써미소한번날림에찬바람휘잉하니
자국마다무력함만존재감드러내더라

20211215

부평초

멋대로 살아 있고
멋대로 휘저었으니
후회는 없다

멋대로 사랑하고
멋대로 미쳐 있으니
후회는 없다

다만
다만

아니면 행복했을까?
아니면 즐거웠을까?
아니면 좋아졌을까?

아니면
아니면

미안해 한마디면 될까?
미안해 해결책이 될까?
미안해 의미가 있을까?

아니면
그냥

잘가라
잊어라
그래라

그러면 되었을까?

나는 모르겠네

다만

가치도 없는 부평초 인생
귀히도 여겨 주시니 사실
어떠한 할 말이 있겠는가

만은

그냥

고맙고 감사함이 섞인
매우도 복합적인 심정
이라오

세상만사 주고받는 것이라면
그대가 얻고 잃은 것은 무엇이며
내가 얻고 잃은 것은 무엇일까~

생각이 깊어 가는 밤이라오~

20211215

님이구나

춘풍이 살짝 문틈을 스치니
입가에 미소가 예사롭지 않구나

바람 따라 가는 허리 하느작 춤을 추니
하얀 손 녹을 듯이 허공을 스치는구나

어허 그 요염함에 꽃뱀이 울다가겠구나

치맛자락 찰랑임은 님 향한 것이나
찬바람 시원함에 애꿎음만 방울이구나

꽃창살 기대어 천 송이 만 송이 홀리듯 바라보니
향기의 그윽함이 두 눈 감겨 느껴지네 님이구나

어허 그 망상중에 병자가 울다가겠구나

20211216

사랑해요♡

눈물따라 그리움이 흐르고
선율따라 보고픔이 흐르니
그대따라 마음도 정처없고
그대따라 영혼도 정처없네

세월의 흐름은 야속하건만
만남의 기약은 구중천이니
삼생의 하늘이 이어준인연
눈물로 그맺음 구걸하노라

20211216

순간

순간의 노을이 노랑과 빨강을 동반하니 그 기상이 참으로 가상해 감
탄이 저절로 나오는구나
차디찬 하얀 들판 서리 낀 넝쿨 위 초록 치맛자락 휙 한번 휘날리니
찢어짐의 순간과 핏자국의 순간이 하나의 흔적 되어 처량히 남겨지네

격렬한 몸짓은 태풍 속의 부평초요
손바닥만 한 얼굴에는 고통이 역력하니
천상의 요정인가 착각도 잠시요
인간 세상 고충은 하늘도 어찌할 수가 없구나

人으로 태어나 神으로 살 수 없음은
맑은 호수 밑 조약돌 보듯 선명하건만
만들어진 人 주제에 참으로 그 몸부림 보고 있기가
딱하구나

서릿발 찬바람 한번 불어 핏자국 지워주니
천 년의 언 땅에 남길 뻔한 얇은 흔적
지옥으로 흩어져 결정되어 반짝이네

20211218

무제

천당과 지옥이 이어진 빛길 위를 걷고 있네
그 길을 웃는 얼굴로 웃으며 걷고 있네

찬바람이 솔솔 불어와 따스한 모자를 감싸 안네
옷깃을 빈틈없이 여미며 세상의 이치를 받아들이네

하늘과 땅 사이의 지평선 위를 걷고 있네
밝지도 않고 어둡지도 않은 기분으로 걷고 있네

마음속 뜨거운 바다의 파도가 소용돌이치네
무표정한 얼굴에 한 줄기의 미소가 지나가다 마네

20211223

사랑한다 고로 참으로 슬프구나

사랑한다 고로 참으로 슬프구나
슬픔의 깊이는 천길 바닷속이고
좌절의 깊이는 끝도 없는 심연이고
무력의 깊이는 다시는 헤어나올 수 없는 나락 속이구나

눈물은 섞은 간장 되어 심장 지나 눈가로 흐르고
한숨은 피맛 나는 푸른 입술 지나 허공을 헤매노니
사랑한단다 내가 너를 사랑한단다

사랑이 사랑만을 알아보니
심장은 죽을 맛이요
타는 가슴 갈 곳은 한 곳뿐이니
그 지독함은 이루 설명이 불가능하구나

그대에 대한 그리움은
공허한 메아리 되어 공허한 가슴 허비고
그대에 대한 보고픔은
구중천 영혼의 노래되어 애꿏은 귀전을 할퀴는구나

자고로 지독히도 痴情에 죽어 간 놈들 있었거늘
내 그들보다 못한 구석
손톱 부스러기만큼도 찾지를 못하겠으니

사랑한단다 지독히도 사랑한단다 나는 너를

사랑한단다

20211223

사랑한단다

내 하루 조용히 고요를 즐기다

심장이 문득 톡 토톡
물방울 소리 내어 일깨워 주나니

사랑이여

보고 싶음이 확 안개꽃 되어
뭉게뭉게 피어오르는구나

20211225

쓸쓸함을 描하니

턱 고이고 창밖을 바라보노라니 마지막 잎새 하나가 오동나무 가지 타고 주르륵 흘러내리려 애를 쓰고 있구나
지난세월 모습은 어드메드냐 뻥 뚫린 구멍하나 처량함만 더해주나
투영된 別 모습 운치 한번 멋지구나
푸르르고 높은 겨울하늘 가을인 양 내 정신 홀리더니 잠시 풀린 정신 줄 찬바람이 홀연히 이어주고 스쳐가네

으스스 엷은 옷가지 다시 한번 여미니 쓸쓸함의 향연에 작은 창문 닫히지 못함은 상상 속 님을 향한 내 마음 같구나
천고의 눈물은 이미 말라 물 없는 마른 우물이고 천년의 사랑은 이미 식어 火 없는 식은 잿빛이나
그럼에도 파르르 심장에 눈가가 반짝이는 것은 저 하늘 뜨거운 햇빛의 장난이여 이 운명 쓸쓸한 영원한 숙명이라오

20211226

좋음이라는 것이

좋음이라는 것이 무엇인가 하니 그것은 그냥 좋음이라 보아도 웃음
꽃 피고 그려도 웃음꽃 피고 생각해도 웃음꽃 피는 그러한 것이니 그
래서 좋음이라는 것이 좋은 것이지만도 좋아하는 것이 나날이 줄어
드는 것 같은 것도 기분적 원인이 있겠지만도 말이더라도 필요라는
것이 좋음을 대체하는 것 같은 것도 허황한 나의 짤막한 생각일 수도
있겠지만도 좋지도 않으며 필요로 하는 것이 많아지는 것인가 좋고
도 필요로 하는 것이 많아지는 것인가 그냥 좋기만 하고 필요하지 않
은 것인가 좋기도 하고 필요하기도 한 것인가 그냥 좋은 것인가 어이
쿠야 어안이 벙벙 모르겠구나 하지만도 그것 또한 좋은 것인 것인가
하지만도 에끼 이 사람아 정신이 혼미하고 몽롱하니 그만 허망한 끝
맺으면 좋지 아니한가 하니 딱히 그렇지 아니한 것 같기도 아니한 것
같으니 어이쿠야 나도 멈추는 것이 좋습니더야 하고 말을 하는 것이
좋습니다만은 손가락이 좋다 하며 가는 것이 좋다고 하니 그리하니
어이 멈추는 것이 좋다고 말할 수 있겠습니까 하고 말하는 나 자신
이 미치도록 좋구만요도 이리했다가는 저 정신이 돌았나 욕하는 것
을 좋아하는 것이 들리는 것도 미치게 좋으니 이 어이 좋지를 아니하
고 또 좋지를 아니하고 그러하지 아니하고 또 그러하지 아니하고 그
러하겠나이까 하면서도 참으로 재미있는 것이 인생인 것을 하지만도
부대끼는 것이 좋지 않다고 하지 않는 것이 좋다는 것 아니지 아니하
니 위의 긴말을 한마디로 보기 좋게 이해하기 좋게 아주 좋게 요약을
하니 탁

그대가 좋다 그래서 인생이 좋다

이 말일세

20211226

허무함에 대해

허무함을 표현하려니 뜬구름이요 지나가는 바람이요 한 것 같은데
한 되 쌀에 손을 넣어 한 줌 잡아 올려 주르륵 쏟아짐을 느끼네

눈앞 쌀 한 줌 잡았으니 있었으나 흘렸으니 없구나 없으니 두리두리
눈앞에 있었구나

20211227

좋구나 얼쑤

세상사 풍진인들 어떠하리오
세상사 풍우인들 어떠하리오
손잡고 가는 이에 그 운명 맡기니
서로의 따스함은 천국인들 어떠하리오

가다가 힘이들면 한번 거히 안아주시고
가다가 힘이들면 한번 거히 안아드릴터이니
뭐가 중헌디 그냥 좋기만 하구먼

돈도 명예도 좋다만 손끝 체온 그대만 하리오
風이 차고 쏲이 눈앞 가려도
얼굴에 걸리는 것은 보름달 웃음이요
심장에 어려진 것은 사랑해 그대여 이더라

오늘도 따스함은 후끈함의 정석이요
오늘도 타오름은 마른장작 울고가니
거센 바람 어떠하리오
거친 빗줄기 이 또한 어떠하리오

그냥 좋고 좋고 좋으니 그냥 좋구나

좋구나 얼쑤

20211228

손가락 끝만이라도 그대 온정 느낄 수 있다면♡

옅은 먹 바닷물 야속히도 잠잠하니
찬물 속 손가락 끝 허전하기 그지없구나

세찬 파도 밀려와 흠뻑 젖길 바랐건만
바다도 바람도 무정히도 부드럽구나

안개 속 하늘도 선경같이 조용하고
창공에 나는 새도 소리 한번 아끼는구나

거센 비바람 불어와 옷깃 여미길 바랐건만
하늘도 먼 섬도 애꿎게도 묵묵하구나

침묵의 겨울바다 잠잠한 님의 아주까리 마음 같아

그 매정함에 그만 슬퍼 눈물 말라 눈가 주름지네

천근마음 조약돌에 고이 담아 바다 속에 퐁당하니

물방울 소리 무색히도 형체 한번 찾을 길 없네

그대의 손가락 끝에라도 닿을 수만 있다면~♡

그 허무함 무정한 파도 속 고이 묻고 돌아서니
그제서야 찬 바람 머리카락 스쳐 주네

야속하구나~♡ 사랑한다~♡

20211230

매화나무

엄한 추위 뚫고 지옥에서 솟아난 매화나무 한 그루
푸르른 새벽이슬 속 검푸른 향기 뿜으며 감도네

그 기운 요염한 독사의 날름거림 헛바닥 같음에
지독한 미혹의 향기 천상까지 닿았으니
천사인가 순수영혼 혼을 다해 그 옆에 서있네

지옥을 천당으로 착각하매 애절하게 마음시리나
천년의 찬 마음 순간을 확 잡아 가지 묶어 삼키려 하니
매화나무 식인충 되지 못해 가슴애타 붉어지네

천사여 이리 오너라~♡

요상한 빛깔의 지옥의 유혹
타올라 타올라 천국을 방불케 하네

20220104

의 마음

불꽃의 따스함을 껴안고 눈보라의 창밖을 바라보니
고즈넉히 몰려오는 고독함에 방울방울 눈물이
눈가 흘러 멈추지를 못하는구나

그대만을 보고있고
그대만을 생각하고
그대만을 사랑하고
그대만을 위해 존재하며
인생길 가고 싶구나

그대만을 위해 모든 것을 불태우고
그대만을 위해 모든 것을 애태우고
그대만을 위해 모든 것을 灰태우고
그대만을 위해 아름드리 꽃송이
고이고이 뿌리며 인생길 가고 싶구나

사랑이 무엇인지 하늘의 깊은 마음
사랑은 그대 향해 이어져 강렬하고
상사의 두 끝은 두꺼워져 가늘 줄 모르고
차거운 긴긴 겨울 만남의 하늘길도 얼어 녹을 줄 모르니

속세의 두 몸은 잠시만의 이별에 멀어져
가까워지지를 못하는구나

20220106

안생은 한낮의 꿈

죽음이란 우주의 먼지로 돌아가는 매우 하찮은 부질없는 볼꼴 없는 것이라오

올 때도 한낱 가치 없는 보잘것없는 혼자의 몸으로 왔으니 고독히 처량히 혼자 가는 것이 뭐가 그리 어렵겠소

세월 따라 가까워지는 것이 죽음이거늘 어차피 가야 할 그러한 인생길이라오

해도 천수는 하늘이 내린 거라 했으니 죽은 영혼 부여잡고 살아가야 하는 이유가 되겠구려

내 인생길 둘러보니 황폐하고 삭막하고 횡뎅그렁하고 선택 없는 좁디좁은 외길 위에 저주의 시퍼런 등불만 어스름이 비춰 주고 있으니 내 비록 그 조용함이 나쁘지는 않지만도 죽었음에 살고 살았음에 죽을 것이니

남은 인생길 나를 끈질기게 동반하는 것은 저주와 눈물뿐이겠으니 말라비틀어진 눈물 수건 힘껏 짜 겨우 방울 하나 만드니 서늘한 겨울바람 훅 불어와 살아갈 의욕 거두어 간다오

한낱 가련한 여인의 숨결 끊기어 들리지 않는다 해도 슬퍼할 인간도

슬퍼할 짐승도 없을 것이니 인생이란 한낮의 한낱 보잘것없는 꿈일 뿐이라오~

20220106

유리섬

햇빛에 반짝이는 유리섬이 있지

참으로 이쁘나 올라갈 수가 없는 유리섬이 있지

올라가고 싶어 아무리 발버둥을 쳐봐도 그 밑자락에 있을 수밖에 없
겠으니 손에 자그마한 연장 하나로 세게 한번 내리치자 거대히 올라
갈 수 없을 것만 같던 유리섬은 이젠 산산이 뾰족함의 저주만 남긴
채 발밑에 깔려 더욱 눈부시게 반짝이니 그 눈부심에 보이지 않아버
린 인생길은 한 걸음 한 걸음 피로 물들여주며 앞길 열어 고통스레
그 이미 형체도 없어버린 정상 아닌 정상을 향해 가게 되겠지라~는
꿈속적인 이야기

사실은 놀잇감 유리섬이었다~

애들 호기심에 샀고 애들 재미로 깼고 애들 조심성 부족에 손가락 살
짝 피가 났고 그로 인해 깨끗이 쓸어 깨끗이 쓰레기통에 버렸다더라~

정상은 너무나 낮아 손가락 끝으로도 올라갈 수 있음에도 그것마저
재미 덜해 깨버려 존재치가 않으니 인생은 그저 그냥 이렇게 보잘것
없는 누군가의 놀잇감 유리섬이었더라~

햇빛이 없으면 반짝임도 없겠으니 한낮 플라스틱보다도 못한 주제도

넘지 못하는 그러한 하등의 가치도 없는 그러한 놀잇감 인생이었더라~는 진실적인 이야기

허나 이 인생의 섬이 피라미드마냥 거대하다면 수천 년 수만 년 오르기조차 거부당하는 영원히 정상의 높이를 알 수 없는 속까지 꽉 찬 방탄 유리섬이라면 그 견고함은 어찌 감히 연장하나로 산산조각을 상상할 수나 있겠는가라~는 희망적인 이야기

오늘은 거대한 태양의 눈부심이 있을까

그 태양빛에 둘러쌓인 인생의 유리섬도 많이도 눈부실까

누가 알겠는가~
살아봐야 알겠는가~

그대들은 알겠는가???

20220107

악

그대만 보면 눈에서 꿀 떨어지니 설탕이 도를 넘어 죽을 맛이구나
그대만 보면 세포가 찌릿찌릿 반응을 하니 미치지 않음이 이상하구나
그대만 보면 정신이 흐릿히 구중천을 감도니 그 죄를 알지어다~♡

사랑은 너무나도 무서운 것 악악 벗어남의 발악은 무의미하구나

보면 되고 만지면 되고 안으면 되고 아니 그냥 딱 붙어 영원히 함께
하는 한 몸이 되는 것밖에는 딱히 구제가 불가능하다고 내 몸이 그리
말을 하는구나

이 순간만큼은 이성은 접고 본능대로 살고 싶은 미친 가련한 마음이
구나
존재해주어 고맙고 사랑해서 미안하고 보고 싶어 미치겠고 가고 싶
어 지옥이구나

그래도 행복은 꿀이고 웃음은 설탕이고 이쁨은 연유 바른 딸기란다

흠 너무 잘나지 마시오

여기도 살아야 하지 않겠소~♡ (심장이 윽, 심부전 윽)

좋구나 ㅎㅎ

20220107

무념무상

생각이 없다 그냥 좋다
그리 생각하니 눈물이 난다

흠 왜 생각이 없을까
바라는 것이 없어서일까
그런 것 같다

난 내가 바라는 그 이상의 것을 받았기에 그냥 좋다
더 이상 뭘 바라겠는가

그리움은 늘 있다
사랑이 있기에 그러하니 그것도 그냥 좋다

슬픔도 늘 있다
이 또한 사랑이 있기에 그것도 그냥 좋다

하늘의 찌뿌둥함도 좋다
늘 맑기만 해 또 무엇하겠는가
그냥 좋다

허나
의식하는 생각은 없으나

의식하지 않는 생각은 있다
그대다

상사와 더불어 날려는 눈물 도로 삼키며
오늘도 무의식 속 쓰라린 보고픔의 맛을 전한다

20220108

날 유혹해 줘

그대 날 유혹해 줘
오늘 밤 그대와 함께하고 싶어

얼음같이 찬 내 마음
정열의 불꽃으로 녹여 줘

그대 날 초대해 줘
그대만의 은밀한 공간으로

얼음녹아 촉촉해진 내가
그대 품에 물처럼 스며들게 해 줘

그대 품에 안기고 싶어
그대와 내일이 없는 하룻밤을 보내고 싶어

내가 그대에게 갈 수 있도록 날 유혹해 줘

내가 그대 품에 아찔하게 녹아들 수 있도록

날 유혹해 줘

유혹해 줘

20210529

사탕

사탕 먹을래요?

나 지금 하나 물고 있는데

사탕 먹을래요?

그대 섹시한 입술 주시면 드릴까 봐요

사탕 먹을래요?

그대 오늘밤 나하고 같이해 주시면

꼭 드릴게요

사탕 먹을래요?

오늘 밤에요

오 그리고 맞춰 봐요

내가 물고 있는 것이
동그란 사탕인지 네모난 사탕인지

그건

오늘 밤에 만나면 어두운 불빛 속에서도
알 수 있어요

20210529

사람은 사랑을 할 때 가장 예쁘단다

나도 몰랐단다
내가 이렇게 예쁜 줄을

나도 몰랐단다
내가 이렇게 애교인 줄을

사랑을 하면서 안 사실이란다

누군가를 사랑한단다
정말 정말 사랑한단다

지금의 거울에 비친 나는
빛이 나는 나였단다

정말 사람은 사랑을 하면 예뻐진단다

그러니 그대로도 예쁜 청춘이지만

마음속 주름 쫙 펴고
상처 따위 두려워 말고
마음껏 사랑을 하거라

그대는 화려하게 아름다운 자신을 볼 것이니라

믿어다오

사람은 사랑을 할 때 가장 예쁘단다

20210604

평정심

세상사 별거 없다

있는 그대로
없는 그대로
순리대로 사는 것이 가장 편하니라

좋아하는 대로
좋아하지 않는 대로
좋아해주는 대로
싫어해주는 대로

그것에 구속받지 말고
있는 그대로 사는 것이 가장 행복하느니라

좋아하지 말아야 할 것을 좋아한다고
고민할 필요도 없고
좋아해야 할 것을 좋아하지 못한다고
고민할 필요도 없느니라

좋아해주면 그것이 설령 철천지원수라 해도
고맙게 생각하고

싫어해주면 그것 또한
내가 좋아하는 것이라 하더라도
마음속 힘 빼고 평정심으로 대하며

있는 그대로
생긴 그대로
주어진 그대로

순리 그대로 사는 것이
맞느니라

하지만

순리대로 살라는 것이
불행한 대로 살라는 뜻은 아니겠으니

외로운 인생의 가시밭길에서
행복해지는 길
찾고 또 찾아가노라면

어느덧 그대 눈앞에는
오색찬란한 꽃밭이 펼쳐질 터
하루하루를
늘 평온한 평정심과
늘 행복한 마음가짐과

늘 겸손한 태도와
늘 사랑하는 마음으로
시작하다 보면

어느 날

거울 속에 비친
환한 미소의 그대는
빛나게 아름답게 보일 것이니라

20210614

사랑과 자존심

사랑을 하매
사랑은 몇 냥이고
자존심은 몇 냥이더냐

내
진실 된 자존심 팔고
진실 된 사랑 살 수만 있다면
천 번이고 만 번이고 팔아 주지

허나
진실 된 사랑이 아니라면
굳이
땡전 한 푼 못 받고
자존심 팔아 뭐 하겠느냐
돈 받고 권력받고 팔아야지

허나
진실 된 사랑을 만나지 못한다면
진실 된 자존심 팔고 싶어도
사주는 곳 없으매
그것이 더 큰 비애가 아니겠느냐

그러니

오늘도 열심히 진실 된 사랑 찾아보세나

하루빨리

진실 된 사랑 찾아
진실 된 자존심
깨끗이 남기지 않고
깨끗이 팔아 버리기를
바라 마지않네

오늘도

행운과 행복이 그대들과 함께하기를

진심으로 바라네

20210614

석양

음침한 공기와 함께 석양이 오고 있다

나의 정열로 맞아주리
어둠의 사자여

나의 여유로움으로 맞아주리
죽음의 사자여

저 석양을 깨면 여명이 올 것이니

가즈아 앞으로
가즈아 앞으로

죽음은 하찮은 것

풀잎 하나 입에 물고 야수처럼 멋있게

가즈아 앞으로
가즈아 앞으로

피비릿 바람과 함께
석양이 오고 있다

나의 피로 맞아주리
어둠의 사자여

나의 포효로 맞아주리
죽음의 사자여

내 피로 저 어둠 진붉게 물들이고
내 멋진 발톱으로 저 석양 형체 없이 찢어버리고

내 뜨거운 정열로 새로운 여명을 맞이하리

저 공기를 잡아 자르고
저 석양을 잡아 찢어버리고
새로운 여명을 맞이해주리

내 진붉은 피와 내 멋진 발톱으로

가즈아 앞으로
어둠의 사자를 향해

가즈아 앞으로
죽음의 사자를 향해

내 진붉은 피와 내 멋진 발톱으로
죽음의 석양 갈기갈기 찢어버리고

새로운 여명을 맞이하리

새로운 여명을 맞이하리

20210614

도시

저 밝지 않은 네온은

영혼을 빨아가며
음침하게 웃고 있고

저 검디검은 나무는

심장을 토막 내며
음침하게 웃고 있네

저 버스는

피를 빨린 시체들만 싣고 달리고

저 전철은

영혼 털린 껍데기만 싣고 달리네

푸른빛 눈 슬픈 하이에나는 걷고 있네

터벅터벅
터벅터벅

자국자국
자국마다
슬픔을 심고
분노를 심고
울화를 심으며
걷고 있네
걷고 있네

터벅터벅
터벅터벅
자국자국
자국마다
용기를 심고
정열을 심고
사랑을 심으며
걷고 있네
걷고 있네

12시의 저주가 우둑우둑 깨어지고
12시의 여명이 투욱투욱 깨어나기를

검푸른 하늘 향해 처량하게 울부짖고

푸른빛 눈 슬픈 하이에나는

또다시

어둡고 어둡고 어두운 인생길 따라

이글이글 불태우며
걷고있네 걷고있네
처량하게 울부짖고
걷고있네 걷고있네

20210618

난 세상에서 제일 잘났어

난 세상에서 제일 잘났어

얼굴도 평범하고
높이도 평범하고
머리도 평범하고
마음도 평범하지만

난 세상에서 제일 잘났어

저 흐드러지게 핀 꽃이
나보다 더 이쁘랴
저 둥글둥글한 둥근 달이
나보다 더 밝으랴

동쪽에서 불어오는 싱그러운 꽃바람과
서쪽에서 풍겨오는 향내물씬 꽃내음과
남쪽에서 느껴오는 자유로운 꽃기운과
북쪽에서 밀려오는 성스러운 꽃향으로
이 세상에 하나 뿐인 나를 키웠으니

난

유아독존 지고지상이라네

오늘도

꽃향기 물씬 세상에 풍기며
나만의 멋짐 세상에 알리리
난 세상에서 제일 잘났어

난 내게 반했어 ㅋㅋㅋ

모든 만물은 이 세상에 태어나는 순간부터
유아독존 상태라네

이 세상에 하나밖에 없는 아주아주 존귀한 존재라는 것이지

오늘도

나 자신을 아끼고 사랑하며 사랑으로 자신을 키우시게나

하여

그대가 지나가는 곳마다 사랑의 꽃송이가 흐드러지게 피도록

오늘도

세상에 하나밖에 없는 내 마음을

사랑으로 행복으로 가득가득 채우시게나

20210619

오늘 뭘 할까

날씨좋고
바람좋고
공기좋고
햇빛좋고
오늘 뭘 할까

화장말고
미니말고
쑥대말고
간결말고
오늘 뭘 할까

화장은 머꼬
미니는 머꼬
쑥대는 머꼬
간결은 머꼬
오늘은 뭘 할까

화장하고
미니입고
쑥대빗고
간결섹시

오늘은 뭘 할까

대박

난 세상에서 제일 잘났어

20210619

친구여

친구여
간밤에 잘 잤느냐

높지 않은 저 하늘은
밀가루 물 풀어놓은 듯하나
부지런한 새들은 아침부터
의미 모를 노래 삼매경이로구나

아침이슬로 술 빚어
경쾌히 한잔하고
아슬한 벼랑 있다면
새처럼 날고 싶구나

걱정 말거라

날개 없어 벼랑 찾는 것뿐

설마

이 좋은 청춘
단단한 돌멩이 되어
직선추락 원할 일은 없지 않겠느냐

창공의 찬 공기를
예리한 칼날로 신나게 자르며
훨훨훨 날 것이야

마음은 질풍의 물결 일고
기분은 새되어 날고 있으니

내 오늘 기필코

술 한잔하고 몽롱하게 취하리

오늘도 참 좋은 하루의 시작이구나

20210620

어린 전사

1막

어둠이 점점 더 짙어지고
한 줄기 작은 빛이 처량함을 뿜으며
어린 전사가 태어났네

어린 전사는
몽롱한 두 눈을 귀여운 손가락으로 비비며
피가 낭자한 시체들로 둘러싸인 주변을 초롱초롱 둘러보네

어린 전사의 두 눈에는 아주 잠깐의
혼돈과 두려움과 고독함의 그림자가 스쳤지만
금세 씩씩하게 피 묻은 시체 옆의
피 묻은 총 한 자루 집어들어 어깨에 메었네

2막

우르릉우르릉 괴물 같은 철덩어리 전차가
널브러진 시체들을 짓밟으며
괴물같이 달리네

으스스한 찬 공기와 으스스한 찬 어둠을

둔중하게 가르며 악마같이 달리네

그 차디찬 전차 위에 어린 전사가 서 있네

그 애티 나는 얼굴에 서린 비장함과 처절함에
하늘의 달님도 안타까워 구름 뒤로 비켜 가네

3막

여명이 점점 더 가까워지며
한 줄기 흐린 빛이 피바다에 물드네

어린 전사는
초점 잃은 두 눈으로 처량하게 서 있네

으스스한 바람과 함께 느껴지는 피비린 냄새에
휘청청 쓰러지려고 하네

어린 전사 주변의
검은색 그림자가 점점 더 점점 더
공포스럽게 커지고 또 커지며
어린전사의 영혼을 빨아들이네

어린 전사는
악마의 울부짖음을 하며

고통스럽게 하늘을 향해
피 묻은 손가락을 뻗고 또 뻗네

그 처참한 광경을 차마 마음 아파 볼 수가 없어
고통에 일그러진 달님을 뒤로하고
구름도 저 멀리 저 멀리 쫓기듯 떠나갔네

어린 전사는
심장 깊은 곳 처량한 울부짖음을 내뱉으며
천사를 향해 두 손을 뻗고 뻗고 또 뻗었네

하지만 천사는
악마의 어둠으로 빨려 들어가는
어린 천사를

잡을 수가 없네
잡을 수가 없네
잡을 수가 없네

주변은 다시금 조용해지고
어둠이 점점 더 짙어지며
한 줄기 작은 빛이 보이기 시작했네

새로운 어린 전사의 탄생이라네

전 세계 13개국 소년병 약 30만 명이라고 함

20210621

ㅋㅋ

황야를 향해
달리자 달리자 달리자

신나게
달리고 달리고 또 달리자

신나냐?

완전 신나

지랄

달리자 달리자 달리자 또 달리자

씨발라먹을

내 인생 전쟁
내 인생 멋짐
내 인생 돌진

씨발라먹을

참으로

좋고 좋고 또 좋구나

얼씨구 절씨구 지화자 좋구나

씨발라먹을

이 세월도

씨발라먹을

이 인생도

얼씨구 절씨구 좋구나

지화자 화지자 좋구나

좋구나

20210622

노래하자

노래하자

지쳐서 사색된 흐르는 이 영혼을
노래하자
구슬퍼 보석된 빛나는 이 눈물을
노래하자
뜨거운 폭포된 쏟아지는 이 햇살을
노래하자
달달한 바람된 회올치는 이 사랑을
노래하자

저 푸른 하늘의 천만송이 꽃비를
노래하자
저 푸른 초원의 가슴 벅찬 질주를
노래하자
슬픔의 눈물이 부르는 이 기쁨의 느낌을
노래하자
죽음의 좌절이 부르는 이 성공의 열매를
노래하자

20210623

반백의 여자

한스럽구나
한스럽구나
내 이 흰서린 내려버린 칠흑 같던 머리도

한스럽구나
한스럽구나
내 이 활처럼 굽어버린 대쪽 같던 허리도

거울

반백의 여자 슬픈 눈동자가 보이네

여자로 태어나
예쁜 화장 한번 못 해보고 주름 잡힌 인생
여자로 태어나
예쁜 옷 한번 못 입어보고 몸뻬가 된 인생
인생의 황혼을 맞이하는
반백의 여자 얼굴엔 한스러움이 어려 있네

삐걱
문소리와 함께 들려오는 천당의 목소리?

엄마
나왔어

오호 내 새끼

여보
나왔어

오호 내 원수

엄마로서의 여자의 인생
생각만해도 사랑이 차올라 눈물이 나
아내로서의 여자의 인생
생각만해도 설움이 차올라 눈물이 나

허나

반백의 여자 얼굴 한스러움도 잠깐
화기가 확 도네

한스러움이 순간 가셔짐은
인생에 대한 습관적 순종이 아닌
사랑 때문일 것이야

아마도

20210623

83

샤워 좀·극본 편

으스름 달빛이
고즈넉히 비추는
조용한 거리

새소리도 없고 매미소리도 없고
바람 소리도 없는
이 거리

야 당장 꺼지라고
꺼져
나 들어가야 돼
어이
거기 누가 없나?
술 먹으러 왔어
술 줘
나 돈 있단 말이야
너 빨리 비키지 못해?
이 꽉 막힌 시끼들

으스름히 켜져 있는 술집 등불 밑에서
으스름한 술집 벽에 대고 하소연하는
혀 꼬부라진 남자

애타는 하소연에도
무정히도 대답 없는 벽에
실망한 남자는
정처 없이 어디론가
발길을 옮기네

찰나

눈앞에서 사라진 남자를 찾아
달빛도 기웃 거리다
더러운 악취에
구름 뒤로 재빠르게 자리를 피하고
주위에는 칠흑 같은 어둠이 흐르네

똥통에 빠져 죽은 남자의
눈앞에 천사의 날개가 지나가며
한마디 했네

어이쿠야

저벅저벅 천당 향해 걸어가는
남자의 뒤에는
기나긴 똥 길이 이어지고 있었다네

참지 못하고

남자는 두 무릎을 공손히 꿇고
한마디 했네

샤워 좀 하게 해 주십시오
아멘

살아도 이렇게 살지는 말고
죽어도 이렇게 죽지는 말아야지

20210617

그대들은 꽃 중의 꽃

그대들은 꽃 중의 꽃

이쁨과 향기가 풍기는 꽃 중의 꽃

누가 꽃은 한번 피고 진다고 그랬나
누가 꽃은 쉽게 피고 진다고 그랬나

꽃 중의 꽃이 되기 위해
견뎌야만 했던 수많은
폭풍우와 차디찬 비바람은
그 얼마였더냐

꽃 중의 꽃이 되기 위해
흘려야만 했던 수많은
눈물과 찢어진 살점은
그 얼마였더냐

그대들은 꽃 중의 꽃

미의 상징
나눔의 상징
행복의 상징이라네

그대들은 꽃 중의 꽃

사랑의 상징
강인함의 상징
부드러움의 상징이라네

오늘도 내일도 또 내일도

화려스럽게
우아스럽게
고귀스럽게

그러나

사랑스럽게
행복스럽게
겸손스럽게

활짝 피어 동네방네 아름다운 꽃비를 내려주시게나

그대들은 꽃 중의 꽃이라네 허나

한 송이 꽃이 아무리 아름다워도
한 사람 발길 세월 두고 멈추기 어렵지만

한 송이 평범한 꽃들이 흐드러진 꽃밭은
수많은 사람들 발길 세월 따라 찾아온다네

다 함께 조화롭게 품어주며
경쟁하듯 경쟁하지 않는 듯 필 때만이
우리는 화려하게 흐드러지게 핀
세상 아름다운 꽃밭을 볼 수가 있다네

20210625

내일 죽음이 온다면

내일 죽음이 온다면 그대들은

오늘 하루를 어떻게 보낼까나

변함없이 미워하며 보낼까
변함없이 저주하며 보낼까
변함없이 원망하며 보낼까
변함없이 허송세월 보낼까
변함없이 바쁜세월 보낼까
변함없이 도전세월 보낼까
변함없이 행복찾아 보낼까
변함없이 사랑찾아 보낼까
변함없이 내님찾아 보낼까

눈뜨니 죽지않고 살아있다면

지금처럼
여전하게
변함없이
보낼까나

20210626

토요일은 이렇게 놀았어

Hello 토요일 하루 잘 보냈나?

난 그럭저럭 죽지 않고 살아있지

토요일

그러니 토요일이잖아

America의 광활한 Highway 달리고 싶잖아

빨간색 경차 타고 말이야

헤이 가이 어딜 가

내 이 불타는 빨간색 경차 탈 생각은 없나

헤이 가이 어딜 가

하루만 불타는 시간 내어 줄 생각은 없나

내 이 동그란 선글라스에 비친 그대 모습
참으로 hot 하니 그냥 지나칠 수가 없구나

헤이 가이 가지 마라

그대 힘 있는 두 팔 하루만 빌려줘

헤이 가이 가지 마라

그대 드넓은 가슴 하루만 빌려줘

그댈 평생 책임질 수는 없으나
오늘 하루만 내 연인이 되어줘

헤이 가이
오늘은 마음이 불타는 토요일

헤이 가이
오늘은 온몸이 불타는 토요일

헤이 가이

오늘만 함께

America의 광활한 Highway 신나게 달려줘

오늘은 토요일

그러니 토요일이잖아

America의 광활한 Highway 달리고 싶잖아

빨간색 경차 타고 말이야

불타는 토요일 참 좋구나 호호

20210626

바람이 분다

바람이 분다
바람이 분다
웃음꽃 바람이 분다
바람이 분다
바람이 분다
행복꽃 바람이 분다
바람이 분다
바람이 분다
정열꽃 바람이 분다
바람이 분다
바람이 분다
생명꽃 바람이 분다
폭죽처럼 짧으나 화려하고
혜성처럼 순간이나 영원한
헤아릴 수 없이 많은 나날 속의 하루
오늘
참 좋은 날
오늘도
바람이 분다
바람이 분다
사랑꽃 바람이 분다

20210627

도라지 아줌마

20대의 도라지 아줌마
아침부터 저녁까지 눈물 흘리며 도라지를 까네

등에 업힌 어린 아기
젊은 엄마의 슬픔은 뒤로한 채
쌕쌕쌕쌕 숨 고르며 행복하게 자고 있네

30대의 도라지 아줌마
아침부터 저녁까지 슬픈 표정으로 도라지를 까네

바닥에 어린애
발목 거무스름한 밧줄
어린애의 발걸음을 단호하게 막네

40대의 도라지 아줌마
아침부터 저녁까지 기계적으로 도라지를 까네

낡고 허름한 가게 안
어스름한 적막함이 돌고
공허감이 타래 치며 공중에서 한기를 뿜네

50대의 도라지 아줌마

아침부터 저녁까지 두 눈 감고 도라지를 까네
건장한 남자가 들어오며 엄마를 찾네

60대의 도라지 아줌마
아침부터 저녁까지 변함없이 도라지를 까네
70대의 도라지 아줌마
아침부터 저녁까지 부드러운 얼굴로 도라지를 까네

80대의 도라지 아줌마
아침부터 저녁까지 평온은 하나
초점 잃은 눈빛으로 도라지를 까다
부드럽게 지나가듯 한마디 하네

도라지야 도라지야
내 인생아

난 네가 있어서 고독하지 않았단다
고맙구나

갈구리 같은 손가락으로 도라지를 쓰담쓰담하는
도라지 아줌마의 주름 잡힌 눈가에
뿌옇게 안개가 끼지만
60년 세월 변함없이 적막한 가게의 밤

그녀의 눈물 닦아 줄 사람 아무도 없네

20210627

정말 괜찮아?

난 초보운전자 아직 천사날개를 달고 다녀

그래도 괜찮아?
정말 정말 괜찮아?

빨간 경차 타고 200키로로 고속도로 달리고 있는
내 옆자리 너 말이야

어머나

뭔 트럭이 저렇게 크대

무서워 액셀 더 밟아도 돼?

그래도 괜찮아?
정말 정말 괜찮아?

아이 참

내 빨간 경차 작은 바퀴 뜨거운 아스팔트와 부딪혀
점점 더 뜨거워지고 연기가 모락모락 나

어떡해

액셀 더 밟아야 돼
확 더 밟아야 돼

이런 내 옆자리 너 정말 괜찮아?
정말 정말 괜찮아?

앗 깜빡했어

내 빨간 경차 천사 날개 1000도 넘으면
화려하게 펼쳐져 저 하늘을 날 수도 있어

쪼금만 더 기다려 줘

오호라

온도 떨어지면 안 돼

액셀 더 밟아야 해

가즈아

1000도를 향해

내 옆자리 너 정말 괜찮아?
정말 정말 괜찮아?

오늘도 불타는 사랑을 할 거야

20210630

고양이 트위스트

하낫둘 하낫둘

또르르 또르르 눈 반짝 하얀 예쁜 고양이
흔들흔들 엉덩이 춤추며
부드럽고 가볍게
리듬 타네 리듬 타네

하낫둘 하낫둘

빨간색 구둣발
신나게 신나게
들썩들썩 경쾌하게
리듬 타네 리듬 타네

하낫둘 하낫둘

또르르 또르르 눈 반짝 하얀 치마 여자
하늘하늘 옷자락 들썩이며
부드럽고 가볍게
리듬 타네 리듬 타네

하낫둘 하낫둘

빨간색 구둣발
신나게 신나게
들썩들썩 경쾌하게
리듬 타네 리듬 타네

하낫둘 하낫둘
느리게 느리게

하낫둘 하낫둘
빠르게 빠르게

그녀의 빨간 구두
섹시한 리듬 따라

하얀색 짧은 치마
살짝살짝 들썩이며
흩날리네 흩날리네

하낫둘 하낫둘

오른쪽으로 한 번 손가락 튕김 트위스트
탁탁

하낫둘 하낫둘

왼~쪽으로 한 번 손가락 팅김 트위스트
탁탁

탁탁 탁탁 탁탁 탁탁
여자의 손가락 팅김 따라

아름다운 꽃들이
피어나네 피어나네
흐드러지게 피어나게

하낫둘 하낫둘

오른쪽 옆으로 손가락 팅김 트위스트
세 번

하낫둘 하낫둘
왼~쪽 옆으로 손가락 팅김 트위스트
세 번

그녀의 빨간 구두
촐랑촐랑 섹시하게

더욱 더욱 경쾌하게
리듬 타네 리듬 타네
빠른 리듬 타네

하낫둘 하낫둘
탁탁 탁탁 탁탁

하낫둘 하낫둘
탁탁 탁탁 탁탁

빨간 구두 하얀 고양이
오른쪽으로 한 발짝
엉덩이 트위스트

한 번

왼쪽으로 한 발짝
엉덩이 트위스트

한 번

살랑살랑 살랑살랑
트위스트 춤추며

꽃길 따라 하늘하늘
지나가게 지나가게

싱긋 한 번 웃었네

20210701

103

개미 세기

한 마리 두 마리 세 마리
네 마리 다섯 마리 여섯 마리?

엣? 몇 마리지?

다시

한 마리 두 마리 세 마리
네 마리 다섯 마리?

엣?

다시

한 마리 두 마리 세 마리
네 마리 다섯???

답이 없군

근데

이리 의미 없는 개미 세기도 하다 보니

생각 없이 사는 이 순간도 나름 참 괜찮구나

개미야 개미야

너처럼만 살면 되겠느냐?

아니지

너도 나름 고충이 많겠지
그렇겠지?

그렇다면 참 미안하구나

이 복잡히 생각 많은 인간의 삶보단
좀 쉬워 보여서 그랬으니 이해하거라

이 노을 지는 시간에도 음식 준비 분주하니
이 눈치 없는 인간은 그만 가 보도록 하마

오늘은 과일주 말고 막걸리나 한잔할까?

맛있을까? ㅋㅋ

20210702

안식처

세상은 넓으나 내 안식처는 없구나

세상은 넓으나 내 마음 둘 곳은 없구나

회사는 나를 보고 더 열정을 보이라 하고
가정은 나를 보고 더 사랑을 보이라 하고
주변은 나를 보고 더 희생을 보이라 하네

지친 영혼 지친 발걸음에 신고
터벅터벅 터벅터벅 걷고 있네

크나큰 돌부리가 길을 막네

부드럽게 돌아
또 변함없이

터벅터벅 터벅터벅 걷고 있네

크지않은 돌부리가 길을 막네

부드럽게 건너
또 변함없이

터벅터벅 터벅터벅 걷고 있네

반짝반짝 작은 조약돌이 길을 막네

부드럽게 웃으며
허리숙여 호주머니에 넣고

싱그러운 바람에 번뇌를 실어보네

노을 진 하늘 향해 두 팔 벌려 심호흡 하고

내 한숨 손바닥에 실어

호~~~~ 하고 날렸네

오늘도 참 괜찮은 하루군요

20210705

거짓과 진실

참으로 많은 거짓이 내 맑은 눈을 흐리고
참으로 많은 허위가 내 맑은 마음을 가리는
참으로 요지경 속 세상에서 우린 살고 있지

이러한 거짓과 허위 속에서도
진실 된 마음을 잃지 않고
참을 지키며 산다는 것은

참으로 참으로
어려운 일이나

내 맑은 정신과
내 맑은 영혼과
내 진실 된 마음으로

세상을 본다면

수많은 거짓 속에서도
참된 진실을 보는 것은
그리 어려운 일은 아닐 것이니라

맹목적 믿음이 아닌

독립적 사고가 있는
진실 된 마음의 눈으로
거짓과 진실을 가리는 것이지

허나
만에 하나

너무 진실 같은 거짓에 속았다 하더라도

너무 많은 분노로 그대의 맑디맑은 영혼을
너무 힘들게 하지는 말거라

인간의 진실을 믿고 싶어 하는 그대는
이 나날이 혼탁해져 가는 세상에 존재하는
가장 반짝이는 보석의 소유자일 것이고

이 세상에 사랑의 꽃을 피울 수 있는
유일한 희망일 수 있기 때문이니라

내 마음의 거울이 굴곡져 있다면
어이 이 세상의 모든 것이
반듯하게 보이겠는가

20210706

지옥을 춤추다

갈기갈기 찢어진 옷깃이
갈기갈기 찢어진 영혼과
함께

허공에서 돌고

햇빛없는 어두운 하늘이
숨막히는 적막한 공기와
함께

공중에서 돌고

생명없는 죽음의 눈빛이
시체같은 어둠의 심신과
함께

중천에서 도니

칠흑같은
어두움이
비수처럼
내리노라

20210711

꽃잎 떨어지며

아련한 눈가 절망 담고
가고 있으니

청아한 새소리와 함께
떨어지는 꽃잎 하나가
애절함 뿜으며 내 발길 잡네

정적의 죽음으로 가는
지고 있는 꽃잎 하나가
처량함 뿜으며 내 발길 잡네

그 서글픔이 하도 한 맺혀
가고 있는 내 발길
마음 저미게 당기네

아련한 눈가 희망 담고
가고 있으니

흩날리는 꽃잎들 속
동그란 열매 하나가
당당히 당당히
자신감 뿜내며 웃어 주네

강렬한 생명력 뿜으며
떨어지는 꽃잎 하나가
조용히 조용히
대지의 품속에 스며드네

20210711

살아는 있는데

새벽에 눈을 뜨니 난 살아 있었다

난 왜 살아 있는 걸까

내가 죽지 않고 살아 있는 이유는 무얼까

누가 그랬지
그냥 사는 거라고

그냥 살기 위해 난 오늘도 살아 있는 걸까

아무리 잘난 척해도
사람도 미천한 포유동물

진정

그냥 살기 위해 난 오늘도 살아 있는 걸까

아니면

인생엔 살기 위한 그 어떤 의미가 있는 걸까

일이 없는 사람도 막연한 미래를
고민하고
일이 있는 사람도 막연한 미래를
고민하고
꿈이 없는 사람도 막연한 미래를
고민하고
꿈이 있는 사람도 막연한 미래를
고민하지

근데

왜 고민이 생기는 걸까

그 고민의 원천은 진정 돈인 걸까

돈이라면

그 고민의 원천은 굶지 않기 위한 것일까

그럼

오늘도 내가 죽지 않고 살아 있는 이유는

밥 한 끼 굶지 않기 위한 것일까

결국

인생의 의미는 밥 한 끼를 위한 것일까

그럼

평생 굶지 않고 밥 먹여줄 마술의 밥그릇이 있다면

내 인생은 완성인 걸까

사랑도 없고
인정도 없고
눈물도 없고
웃음도 없고
기쁨도 없고

오직

밥 한 그릇만을 위한 인생

이것이

오늘도

내가 죽지 않고 살아있는 이유인 걸까

진정

그러한 걸까

20210713

유산(遺産)

평범한 나는 아무런 가진 것도 없이
이 세상에 태어났다네

이런
평범한 내가 한세상 왔다 간 흔적 남기고
이 세상을 떠나려 하네

무엇을 남기고 갈까

재물을 남기는 사람도 있고
명예를 남기는 사람도 있고
사랑을 남기는 사람도 있고
증오를 남기는 사람도 있지

물론

왔다간 흔적조차 남기지 않는 사람도 있지

그럼

난 이 세상에 무엇을 남기고 갈 수 있을까

땡전 한푼 없고
명예 본적 없고
미움 그건 없고
슬픔 그건 있고

허나

슬픔을 남기고 가기엔 내 인생 너무 초라하잖아

이 세상에 왔다 간 흔적 굳이 꼭 남기고 간다면

그래도 사랑이 가장 좋겠어

평범한 내가 한세상 살다 간 흔적으로
사랑을 남기고 가는 것이 가장 좋겠어

하여

오늘 하루도 더 열심히 사랑할 수 있으면 좋겠어

오늘 하루도 더 많은 사랑으로 슬픔을 덮고
오늘 하루도 더 많은 사랑으로 분노를 덮고
오늘 하루도 더 많은 사랑으로 미움을 덮고

오늘 하루도 더 많은 행복으로 세상을 안으며 살았으면 좋겠어

20210714

바보처럼 사는 것이 더 행복할 수도

정상적인 사고를 하는 사람과
정상적인 사고가 안 되는 사람

누가 더 행복할까

바보라서 행복하겠다
생각없어 행복하겠다

그 말이 맞는 것 같기도 해

바람처럼 왔다가
바람처럼 가는 인생이라면

바람처럼 생각 없이 살다 가는 것이 맞겠지

잡지 않으려고 해도 찾아온다는 번뇌도
잡고 싶어도 빠져나간다는 행복도

다 부질없는 내 머리의 장난

행복도 번뇌도 다 내가 하기에 달렸건만

다 알고는 있지만

왜 매일매일

부질없는 번뇌를 되풀이하는 걸까
결점투성인 내가
결점투성인 상대방에게서
완벽함을 추구한다니
이게 가능한 일인 걸까

바보처럼 살고 싶구나

근데

안 되는구나

이건 분명

지은 죄가 많으니
인생 다하는 날까지
고통스럽게 살다가라는 신들의 계시야

오늘도

완벽하지 못한 나는

완벽하지 못한 누군가에서
완벽함을 추구하며
번뇌찾아 불행찾아
헤매고 헤매고 또 헤매겠지

참으로

부질없는 인생 맞구나

20210715

자~ 오너라

저 멀리 검푸른 구름이
으스스 한기 풍기며
다가온다 다가온다

내게로 다가온다

저 멀리 지옥의 폭풍이
사나운 기운 풍기며
다가온다 다가온다

내게로 다가온다

구름아 오너라
꾸물대지 말고

폭풍아 오너라
질척대지 말고

너희들이 만든다는 그 대단한 인간지옥
일초 기다림 힘들게 빨리 보고 싶구나

니가 퍼붓는 그 모든 비수 같은 빗줄기

니가 휩쓰는 그 모든 칼날 같은 폭풍우

내 그 속에서

미친 듯한 정열로 노래하고
미친 듯한 광기로 춤을 추며
두 팔 벌려 너희들을 조롱하고
주먹 잡아 너희들을 뿌셔 버리리

자~

더 가까이 더 가까이 더 가까이 더 가까이
다가오너라
이 겁쟁이 구름 나부랭이여
더 가까이 더 가까이 더 가까이 더 가까이
다가오너라
이 좀팽이 폭풍 나부랭이여

내 가차 없이 너희들 목을 치고
죽음의 지옥으로 보내 줄 것이니

자~

오너라 먹구름이여

자~

오너라 폭풍우여

내
한 치 주저함 없이
맞받아 기다려 줄 것이니

한 치 지체함 없이
오너라 빨리

20210718

어제하루는

어제하루는 행복못한 날이었답니다
어제하루는 기쁨못한 날이었답니다
어제하루는 생기없는 날이었답니다
어제하루는 죽어있는 날이었답니다

어제하루는 원망하는 날이었답니다
어제하루는 쌈닭같은 날이었답니다
어제하루는 상처주는 날이었답니다
어제하루는 상처받는 날이었답니다

어제하루는 슬픔있는 날이었답니다
어제하루는 분노있는 날이었답니다
어제하루는 사랑없는 날이었답니다
어제하루는 사랑못준 날이었답니다

어제하루는 무미건조 날이었답니다
어제하루는 생기없는 날이었답니다
어제하루는 의미없는 날이었답니다
어제하루는 지옥같은 날이었답니다

어제하루는 느낌있는 날이었답니다

어제하루는

사랑있어 상처받는 것이
사랑없어 죽어있는 것比
가치가 有인 것을 안 날이었답니다

20210722

핫둘 핫둘

핫둘 핫둘 핫둘 핫둘

호호

내 이 짱 이쁜 꽃바구니 보이시나요
핫둘 핫둘 핫둘

오호호

내 이 빙글빙글 꽃치마 보이시나요

핫둘 핫둘

흠흠흠

이 싱그러운 파란 바닷바람 보이시나요
내 꽃신 앞에 펼쳐진 이 꽃길 보이시나요

핫둘

어머나~♥

꽃길 옆 그림같이 즐비하게 늘어선 집들 날 불러도
난 저~~~ 희망찬 미지의 세계로
핫둘 핫둘 핫둘 가야 해요

오호호
미안해 예쁜 집들아

바다는 날 따라 끝없이 이어질 것이니

자~~~~~~~♥ 가즈아

바다야

내 꿈에 부푼 미지의 멋~~~♥진 미래의 세계로

자~~~~~~~♥ 가즈아

미래야

핫둘 핫둘 핫둘 핫둘

ㅎㅎㅎ

20210722

맹인

이 어두운 세상

빛 한 줄기 없는 이 세상

달리고 싶으나
어두컴컴한 이 세상
달릴 수가 없구나

하늘도 검고
대지도 검고
내 눈앞도 검고

빙글빙글 돌아도
질기게 따라오는 건

검은 것뿐이구나

나도 달리고 싶다

한 줄기 빛 따라 달리고 싶다

달려볼까

그래 달리면 되지

이 지팡이 집어던지고 달리자

픽 어두운 길 위에 보이지 않는 돌부리

고작 한 발짝에 이리도 내 동댕이쳐졌으니

한심하도다 한심하도다
억울하도다 억울하도다

피 흐르는 손으로 땅을 치니
목이 메여 악 소리도 나오지를 않네

하늘은 여전히 검고
대지도 여전히 검고
내 눈앞도 여전히 검으니

피흐르는 두 다리와 피흐르는 두 손으로
엉거주춤 기어다니며
인생의 길잡이 해줄 막대기를
찾고있네 찾고있네 찾고있네

한 줄기 햇빛이 보고 싶구나

20210723

130

장구 춤

둥둥둥둥 둥둥둥둥
둥둥둥둥 둥둥둥둥

얼씨구
절씨구
지화자 좋구나

오호라
님아

나 버리고 갈 준비를 한다면 그만 그 맘 접거라

오호라
님아

둥둥둥둥 둥둥둥둥
둥둥둥둥 둥둥둥둥

어디 가서 나보다 더 좋은 여잘 찾겠느냐

어여 그 춘풍 부는 마음 접거라

에헤야 데헤야

님아
님아

나만 보아다오
나만 보아다오

내 이 영혼의 장구소리와 함께
다시 너의 마음속 사랑의 불씨를 지펴다오

님아
님아

사랑하는 님아
다시 내 품으로 돌아와다오

에헤야 데헤야
얼씨구 절씨구

얼쑤

지화자 좋구나

다시 내 품으로 돌아와다오

둥둥둥둥 둥둥둥둥
둥둥둥둥 둥둥둥둥

내 오색의 치맛자락 북소리와 더불어

내 한을 싣고 돌고 돌고 또 도네

20210723

차거운 남자

얼음심장을 가진 한 남자가 있었다네

그는 너무도 차거워 본인도
본인이 차거운 줄을 모르고 있었다네

그런 얼음심장의 사나이가 기타를 치며
노래를 하기 시작했다네

그 사나이는 눈보라가 치는 차거운 겨울날
이층짜리 집 위층의 몽롱한 불빛을 보며
하루도 빠짐없이 기타를 치며 노래를 했다네

차거운 남자가 천년얼음처럼 변함없이
몽롱한 불빛 아래서 노래를 부른 지 딱
10년이 되던 날

창가의 몽롱한 불빛은 꺼지고
차거운 남자의 주변은 온통
어두운 정적으로 덮였다네

차거운 남자의 부드러운 노랫소리와
다정한 기타 멜로디는

3초간 멈추었다 다시

어둠속에서 변함없이
잔잔히 들리기 시작했고

차거운 남자의
차거운 눈물 한 방울

차거운 동그란 얼음 되어
차거운 눈 위에
차거운 기운 뿜으며 소리 없이 떨어졌다네

20210723

포도 따는 여인

오 그대여

이 탐스러운 포도송이에서 그대의 향기가 느껴져요

오 그대여

이 찌를 듯한 햇빛에 달궈진 이 몸

내 앞가슴 부풀게 해요

오 그대여

밝은 달빛 아래 포도 덩굴 꽉 잡고
그대와 느끼던 그 정열의 밤이 그리워요

오 그대여

오 그대여

찌를 듯한 햇빛과 향기로운 포도향기에

이 정열의 몸 달아 올라 그대의

찐한 키스를 기다려요

오 그대여

오 그대여

어디에 계시나요
어디에 계시나요

어서 오세요
어서 오세요

잘 익은 포도송이 같은 나
부드럽게 따가 줘요

20210723

舞

내가 죽으면
내 무덤에 사랑의 꽃씨를 뿌려다오

내가 죽으면
내 비문에 사랑의 문구를 새겨다오

그대만을 바라보다
그대만을 기다리다
그대만을 사랑하다

죽은 여자라고

마음속 서글픔이
애달픈 선율 되어 흐르고

마음속 외로움이
처량한 몸짓 되어 춤추니

아~~~~~

사랑이여

그대가 주는 유일한 선물 눈물비가

뼈에 사무치게

그립구나 그립구나

20210724

그냥 하루하루

슬픔이 너무 커 슬픈 줄도 모르겠어요
상처가 너무 커 아픈 줄도 모르겠어요

그냥 하루하루 사나 봐요 난

사랑함이 너무 넘쳐 우는 것도 할 수 없어요
그리움이 너무 넘쳐 웃는 것도 할 수 없어요

그냥 하루하루 사나 봐요 난

근데 이 그냥 하루하루가

참 좋아요 난

그냥 이 하루하루 속에

그대의 허상이 있거든요

볼 수도 만날 수도 없는 그대의 허상이요

허공 향해 간절한 손을 내밀어

그대의 허상을 잡으려고 해요

볼을 타고 흘러내리는 눈물은

장마 만난 빗물

그래도

이 그냥 하루하루가

참 좋아요 난

그대를 사랑할 수 있게 해 준

이 그냥 하루하루가

참 좋아요 난♡

사랑해요♡

20210725

141

오늘 하루도

오늘 하루도

지독하게 재미있게
지독하게 행복있게
지독하게 정열있게
지독하게 사랑있게
지독하게 불씨있게

오늘 하루도

참

지독하게도 좋은
지독하게도 행복 찾는
지독한 하루의 시작입니다

20210726

누가 꽃이 아름답기만 하다고 했느냐

한 송이 꽃이 핀다
두 송이 꽃이 핀다
세 송이 꽃이 핀다

네 송이 다섯 송이 여섯 송이
일만 송이 십만 송이 백만 송이 꽃이 핀다

어떻게 피나?

스스로의 힘으로 핀다

모진 비바람과
모진 폭풍우와
모진 가뭄들과
모진 땡볕들과

처절히 싸우며

한 번 죽고
두 번 죽고
세 번 죽고

일만 번 죽고
십만 번 죽고
백만 번 죽고

그리 죽고 죽고 또 죽고
씨 한 알 뿌리고
씨 두 알 뿌리고
씨 세 알 뿌리고

씨 일만 번 뿌리고
씨 십만 번 뿌리고
씨 백만 번 뿌리고

이 세상에

백만 송이 천만 송이 천천만 송이 꽃을 피우느니라

이쁜 씨앗이 아니라
눈물 흘리거라

이쁜 씨앗이 아니라
한탄하거라

너는 하나의 꽃씨도 뿌리지 못하고 짧은 생명을 다할 것이고
이 세상에서의 흔적조차 없이 먼지 되어 사라질 것이니

한탄하거라
실망하거라
원망하거라
저주하거라

그리 하거라
그렇게 하거라

20210728

상쾌한 하루는

아침에 새처럼 일찍 일어나
이불을 개여 주변을 깨끗이 하고
창문 활짝 열어 청신한 공기를 마시며
하루를 산뜻하게 시작하는 것

이불을 개임은 하루를 부지런하게 보내겠다는 의지의 표현이고 청신
한 공기를 마심은 오늘 하루도 맑은 두뇌로 맑게 살겠다는 뜻이니

부지런함에 맑은 두뇌가 되면
세상도 맑게 투명하게 보일 터

혼탁하던 마음 또한 맑아지겠지

그럼으로써

좋은 관계를 맺는 기초가 마련이 되었을 터

오늘도 맑은 마음으로 세상을 보고
맑은 마음으로 주변을 사랑하며
여러분들과 좋은 관계를 맺으니
그대 오늘도 어이 좋지 않은 하루가
되지 않을 수 있겠는가

좋은 관계에서 행복이 생기고
행복이 생김으로서 웃음도 많아질 것이니
그대 오늘도 어이 장수하지 않는 하루가
되지 않을 수 있겠는가

오늘도

하늘 좋고
공기 좋고
마음 좋고
관계 좋고
참참 좋고
참참 좋은

참으로 좋고도 좋은 하루의 시작이로다

얼쑤

20210709

청춘 최고

꽃 치마 꽃핀 오솔길 위에서 춤추고
나팔바지 화려한 네온등 아래서 춤추네

찬란한 청춘 가식 없는 웃음들
정열의 가슴 속에 뛰는 노루 품고
불꽃 튀는 손가락 끝에 불타는 사랑 담고

춤추네 춤추네
차차차 춤추네

가슴 뛰는 사랑을 하고
가슴 뛰는 도전을 하고

사랑하고 도전하고
도전하고 사랑하고

은빛머리 반짝이는 멋진 황혼을 향한
정열의 불타는 도전
한순간도 멈춘 적 없어라

청춘이여
오늘도 날아오르라

청춘이여
오늘도 불타오르라

아싸
어제도 청춘
오늘도 청춘
내일도 청춘
이어라

오늘도 대박 짱 좋은 날이어라

20210730

아침

조용한 아침 눈뜨니

시원치도 않고 뜨겁지도 않은
미지근한 바람이 처량한 매미 소리 싣고
열려 있는 창문으로 힘없이 들어오네

책장은 펼쳤으나
마음은 흐려져 있으니

그것은

마음 텅 빈 고독함과 세상살이
두려움의 감정 때문인가 하노라

어제의 화려함이 오늘의 적막함과 함께하니

꿈인지 생시인지

땀에 젖은 베개에 퉁퉁 부은 얼굴 묻고
숨 막히게 생각해 보네

인생의 일직선이 가장 좋다고 했느냐?

설마

up 하고 down 하고 다시 up 하며 비상하는 것

아침햇살과 함께 두둥실 떠올랐다
저녁햇살과 함께 꼴까닥 넘어가는 것이 인생이거늘
부드러운 저녁노을로 팽팽한 한 몸 시키고
두리둥실 청량한 달로 방전된 한 몸 재충전하니

내일에 또

급행열차 최고점 찍고
급행으로 내려온다 한들

이 또한 심장이 펑펑펑 뛰는
즐거운 일 아니더냐

에헤야 데헤야

인생의 뱃고동 소리 입으로 울리며

부지런한 두 손
정열 속 평온함으로
인생의 노를 젓네

인생의 노를 젖네

얼씨구
좋~~~구나

오늘도 참 좋은 하룽룽이더라

20210801

순간

있는 듯 없는 듯
가까운 듯 먼 듯
진실인 듯 허상인

세상에서 우리는 살고 있지를 않는가

그렇지 않는가

그대는

이 세상에서 잘 살아져 있는가
정말 잘 살아져 있다고 생각하는가

사랑은
가까이에 잘 존재해져 있는가
정말 가까이에 잘 존재해져 있다고 생각하는가

돈 명예는
진실로 옆에 잘 지켜져 있는가
정말 잘 지켜져 있다고 생각하는가

有가 無요

無가 有니

오늘도 그대의 손가락 끝 가까이에 존재하는 것은
정녕 무엇이라고 생각하는가
내는 이 나이가 되어도 잘 모르겠지만
그대들은 잘 알고 있는가

그대들은

오늘 이 하루
오늘 이 시간
오늘 이 순간

무엇을 위해 숨을 쉬고 있는가

이 순간 그대가 위해 숨 쉬고 있는 그것이
그대의 지금 이 순간 가장 귀중한 것일 수도 있겠으니

설령 그것이 기쁨만이 아닌 슬픈 것이라 할지라도

이 순간이 내가 살아있음을 증명해주는
가장 가치 있는 순간이 아니겠는가

그대들은

지금
이 순간
무엇을 위해
숨 쉬고 있는가

20210801

오늘 하루를 돌아보며

누워서 하루 일상을 돌아보며
생각하는 시간을 가지는 것은 참 좋은 거라고 하더이다

그대의 오늘 하루는 어땠는가?

알차게 행복하게 보냈는가
슬프게 절망스레 보냈는가
성공의 열매를 맛보았는가

실패의 열매를 맛보았는가
누구의 감사함이 되었는가
누구의 저주함이 되었는가

그렇다면
나의 오늘 하루는 어땠는가?

평범한 일상에 익숙한 일상에
기뻐했다 슬퍼했다 그러했구나

나로 인해 누군가가 행복했으면 좋겠으나
만에 하나 상처만 주었다면

그 죄는 어떻게 다 갚아야 하나

나로 인해 누군가가 웃음꽃피면 좋겠으나
만에 하나 눈물만 주었다면
그 죄는 또 어떻게 다 씻어야 하나

운명의 수레바퀴는 피할 길 없으나

상처를 웃음으로 채우고
불행을 행복으로 채우고
고뇌를 희망으로 채우며

그리 가고 싶은 운명의 길이나

그러함에도

누군가의 인내와 행복을 팔아
운명의 길을 닦아야 한다면
그것이 진정 옳은 길인지 참으로 모르겠구나

사람이 살아감에 결국은 사랑뿐이라더군

오늘도 열심히 사랑했고
내일도 열심히 사랑하겠고
또 내일도 더 열심히 사랑하겠지만

이것이 진정 맞는 것인지도 사실은 잘 모르겠구나

돌아가는 선풍기 바람 시원하기는 하나
마음속 죄스러움은 날려주지 못하나니

이 순간도 그저 사랑하는 사람

꿈속에서라도 행복하기를 바랄 뿐이니라♥

20210801

얼쑤♡

내가 슬퍼도 눈물은 없을 것이요
내가 죽어도 평화는 없을 것이요

나는 일렁이는 파도 속에서 살 것이요
나는 살가죽 타는 불더미 속에서 살 것이요

천당에서 평범하게 사느니
지옥에서 모든 걸 베며 새로운 길을 낼 것이요

지옥의 인생

그 피의 맛과 살타는 냄새가

내 심장 뛰게 하고

그 피의 튕김과 춤추는 핏방울

내 칼자루 피 맛을 다지며 빛나게 하는구나

20210806

얼쑤

세상은 나보고
조신하게 살라 하고

인생은 나보고
죽은 듯이 살라 하네

하늘은 나보고
대지에 발붙이고 살라 하고

대지는 나보고
날개 접고 날지를 말라 하네

나는 거절하겠네

나는

평범함을 거부하고
조용함을 거부하고
용속함을 거부하겠네

나는

나로

살겠네

20210806

환영

이 세상에서 내 이 끓어 넘치는 영혼의 평온을 찾게 해 줄 사람은 그대뿐이니

내 사랑 곁에서 내 사랑 꽉 껴안고 내 영혼의 안정을 찾으리

그대가 없으면 폭주해 죽을 나이기에 오늘도 그대를 꽉 껴안고 아침에 떠오르는 태양을 맞이하리

그대여 왜 말이 없는가
그대여 왜 온기 없는가

그대여 내가 껴안고 있는 것이 그대의 차거운 환영일 뿐이라고 하지마라

내 이 뜨거운 심장으로 그대의 차거운 마음을 덥히고
내 이 뜨거운 영혼으로 그대의 쓸쓸한 영혼을 덥힐 것이니

차거운 그대여 제발
그대가 존재하지 않는 환영이라 하지 마라

사랑한다 그대여 미치듯이
그리 가시려거든 나 죽이고 가시오

사랑한다 내 사랑아
사랑한다 내 생명아

20210807

세상살이

좋은 사랑 하고
좋은 독서 하고
좋은 음악 듣고
좋은 힐링 하는
시간이 없다

세상의 혼탁함에 물들지 않으려고 하나 혼탁함이 늘 눈에 비치니 그
혼탁함 늘 닦아 마음 빛내야 하나 죽은 시체 여유가 없다

눈에는 먼지가 쌓여가 세상이 희미하게 보이니 이리 살다 보면 눈은
떠 있으나 맹인하고 다를 바가 뭐가 있겠는가

갈 길 못 찾을 날도 머지않아 보이니
나 길 못 찾으면 날 잡아 줄 사람 그대라
믿어도 되겠는가

흠 오늘은 조금이나마 마음 닦아 빛내고
번뇌를 정리해 여유 공간 만들며
좋은 태양과 함께 좋은 공기 마시며
좋은 음식 먹고 좋은 독서 하며
좋은 음악 듣고 좋은 시간 보내리

내일은 오늘보다는 맑은 세상이 보이겠지

20210807

흠

잘 익은 과일같이
손으로 힘 있게 움켜잡으니
과즙이 달콤한 눈물 되어 흐르니
그 유혹은 참으로 치명적이구나

그 달콤함에 혀끝이 녹으니
정열의 몸 녹아내려 서로의 품에 스며드네

자 뜨거운 사랑의 시간이로다

과일 드세요

20210808

새벽의 빛과 함께

달이 없건만
방안이 밝은 건 어둠 때문인가 보다

별이 없건만
천정이 밝은 것도 어둠 때문인가 보다

밝은 대낮
어둠 속 안 보이던 것이
어둔 새벽
밝음 속 보이기 시작하니

참으로 어둠의 힘은
부드럽고 강력하구나

별빛 없는 조용한 밤하늘
귀뚜라미소리와 함께하니

UFO?인가 동그란? 물체
머리 위 스쳐 유유히 지나가네

반딧불 마냥 궁둥이 반짝이니
참으로 귀엽다

입가에 미소 한번
번뇌가 어둠 속으로 조용히 사라지니

오늘도 괜찮은 하루가 시작되려나 보다

20210810

점

인생의 순간순간은 조그마한 점
조그마한 점을 하나둘씩 찍으며

걷고 있네 걷고 있네

어제 하나 오늘 하나 내일 하나
조그마한 점을 하나둘씩 찍으며

걷고 있네 걷고 있네

사랑이 가던 날도 조그마한 점을 찍으며

걷고 있네 걷고 있네

실패의 점을 찍고
배신의 점을 찍고
슬픔의 점을 찍고
우울의 점을 찍고
걱정의 점을 찍고
외톨이로 힘겹게

걷고 있네 걷고 있네

사랑이 오던 날도 조그마한 점을 찍으며

걷고 있네 걷고 있네

성공의 점을 찍고
행복의 점을 찍고
기쁨의 점을 찍고
환락의 점을 찍고
평온의 점을 찍고
둘이 함께 즐겁게

걷고 있네 걷고 있네

사랑 없이 찍은 점을 선으로 연결하면
어떤 모습임에 확신 없을 것이나

사랑으로 찍은 점을 선으로 연결하면
하트 모습임에 틀림없을 것이니

내일도 사랑담아 그대 꼭~ 품고

뛰는 심장 불태우며
콕 콕 콕
찍어 가리 사랑의 점을

내일도 마음 다해 사랑할 것입니다

20210812

사랑의 원망

그대를 만나서 사랑을 하고
그대를 만나서 상처를 받고
그대를 만나서 이별에 울지만

후회하냐고 물어본다면

그렇지 않다고 영혼으로 대답하리오

그러하오니
사랑하는 그대여

더 이상 날 울리지 마오

그대 만나고 나의 슬픈 세상은
매일매일 방울방울 눈물비만 내려진다오

그러하오니
사랑하는 그대여

더 이상 날 힘들게 마오

그대 만나고 나의 아픈 세상은

매일매일 주룩주룩 피눈물만 내려진다오

조금씩 떠나가는 그댈
조금씩 멀어지는 그댈
슬픈 눈으로 보고만 있는 나지만
담담함 속

속절없이 무너지는 이 불쌍한 나를
사랑하는 님이 알리오
그 누가 알리오

떠나는 님은 원망만 남기고 바쁘게 가려 하니
내 인생 참담함에 허무함만 흐른다오

허무하오
허무하오
진심 다해 사랑한 내 인생

허무하오
허무하오
영혼 다해 사랑한 내 인생

참으로
참으로~

허무하오~

허무하오~

허무하오~

20210813

지옥

지옥

그건 뭔가? 먹는 건가?

지옥

흠

너 내 너 먹고 입가의 피 우아하게 닦을 것이니

너 이리 좀 와 보거라

왜? 못 오겠느냐

넌 내가 무섭느냐

무서워 말고 이리 좀 오너라

너 지옥의 뼈마디 오독오독 씹어 먹을 것이니 그냥 오너라

어서

173

흠 둥둥둥 지옥의 북소리 들리니

오늘도 피비린 분위기 참 좋구나

20210813

미움이 싹트니

미움이 싹트니
행복하지를 않습니다

미움이 싹트니
기쁘지를 않습니다

미움을 지우려 하니
지울 수가 없습니다

하여

피하려고 했으나 피할 곳이 없습니다

피할 수로 미움의 매듭은 나날이
행복과 기쁨과 평온을 꼭 끌어안고
놓아주지를 않습니다

하여

생각해보니

내가 지은 매듭을 풀 수 있는 사람은

나 자신뿐이라는 것을 알았습니다

매듭을 지은 곳에서 매듭을 풀고
흐르는 물같이 매끄러운 마음가짐으로

다시 복잡한 생각을 정리하고
다시 혼탁한 마음을 정리하고

다시 나 자신을 찾는 것이

인생을 강하게 건강하게 행복하게 평온하게 살 수 있는 방법임을 알
았습니다

나의 매듭을 풀 수 있는 사람은 이 세상에 나밖에 없습니다

오늘도 마음속 매듭 하나하나 풀며 행복 찾아 삼만리 좋은 하루 보내
려고 합니다

참으로 좋은 일요일 아침

여러분들 식탁에도 행복의 웃음꽃이
활짝 피기를 진심으로 바랍니다

20210815

緣

이 나이가 되고 보니
바람 가듯 지나는 수많은 스침 속에
보이는 것이 있었으니

그것은

사람과 사람 사이의 인연이란다

이 세상을 살다 보니
물 흐르듯 지나는 수많은 스침 속에
보이는 것이 있었으니

그것은

사람과 사람 사이의 연분이란다

보인단다
반짝반짝 빛이 나는 이어진 마음의 홍실이

보인단다
쪼각쪼각 맞춰지는 흩어진 인생의 퍼즐이

그 인연은 태풍처럼 강렬하고
그 연분은 딱풀처럼 끈끈하단다

서로 끌리듯 알아보고 다가가니 참으로 신기하단다

누구나 이러한 인연과 연분이 있을 터

그것을 알아보지 못함은

인생에 찌든 그대의 혼탁한 마음과
번뇌로 꽉찬 그대의 복잡한 머리와
굳게 닫힌 그대의 마음의 문 때문이 아닐까 생각한단다

행복한 마음이 클수록 더 잘 보이겠으니

그것 또한 참으로 신기하단다

그러한 인연을 찾아
소중히 지키고

그러한 연분을 찾아
소중히 키우며

좋은 인연 좋은 연분과 함께
외로운 인생길 외롭지 않게 갈 수만 있다면

이번 생 왔다 가는 또 하나의 참 좋은 의미가 되지를 않을까 생각해
보는

참으로 조용하지만
참으로 평온하지만
참으로 좋은 밤이란다

사랑이 흐르는 참 좋은 밤이란다

20210815

어이 친구여

어이 친구여

어제의 영광은 뒤로 하고 오늘은 超남자답게 부드럽게 가 보자꾸나

어이 친구여

어제의 광환은 뒤로 하고 오늘은 超소프트하게 바람같이 가 보자꾸나

어이 친구여

새벽이슬에 젖은 풀피리 하나 꺾어 물고 오늘은 超신사답게 가 보자
꾸나

어이 친구여

넌 참 멋진 놈이구나

어이 친구여

차지만 부드러운 새벽공기에 이 자유로운 영혼 맡기니 세상에 대한
사나이 사랑이 돋아나는구나

우리 오늘도
매우 멋있게 아주 멋있게 세상 멋있게
부드러운 상남자답게 가 보자꾸나

흠 새벽이슬 이쁜 꽃 오늘 만은 꺾지 말고
남자들만의 낭만으로 길녘 풀 물들이며
그리 부드럽게 가 보자꾸나

흠 머릿속에 정열의 부드러운 음악이 흐르니 오늘도
섹시한 여유 있는 남자의 인생 참으로 멋지구나

어이 친구여

사랑한다

20210818

그녀의 맛

내 정열이 끓어오르던 그 시절

그녀를 맛보던 그 시절

그녀에게서는 짭짤한 소금 냄새가 났다네

그녀를 맛보고 담배 한 대 꼬여물던 그 시절

뿌연 담배 연기 속 가려진 실오리 하나 걸친 그녀는 참으로 아름다웠
다네

다시 홀려 두 번 세 번 맛보았던 그녀의 맛은

내 이 죽어가던 마음 죽도록 뜨겁게 태워 주었다네

사나이 마음같이 타들어 가는 담배연기

그 너머로 그녀의 화끈한 알몸이 아른거려 담배 빠는 내 입술 불같이
타들어 가는구나

그 맛에 반해 헤어나올 수가 없어 난 그녀의 맛의 노예가 되어

화끈한 그녀 없이 죽어가는 시체가 되어 가고 있었다네

20210819

182

비상

오늘도 날아 보자
꺾어진 날개를 정비하고

오늘도 날아 보자
무너진 마음을 정리하고

오늘도 날아 보자
뿌옇게 흐려진 저 넓은 하늘로

오늘도 날아 보자
찬란한 무지갯빛 저 빛나는 나의 미래로

어제 받은 상처는
부드러운 어둠에 맡기고

어제 생긴 미움은
흘러버린 시간에 싣고서

오늘도 날아 보자
평온한 마음으로

오늘도 날아 보자

행복한 마음으로

오늘도 날아 보자
사랑의 마음으로

20210820

하늘아 그만 울거라

하늘이 끊임없이 울고 있는 것은
슬픔에 젖은 누군가의 눈물 때문인가요

바람이 처절하게 불고 있는 것은
절망에 젖은 누군가의 포기 때문인가요

세상살이 힘들어
오늘도 한 줄기 눈물이 피곤한 얼굴타고 내리고 있나요

인생살이 힘들어
오늘도 한 가닥 희망이 거치인 바람타고 가고~ 있나요

누구의 눈물~인지

한 맺힌 빗방울 회색하늘 두꺼운 대기층 뚫고
끝도 없이 주룩주룩 쏟아지고 있네요

누구의 한 맺힘인지

차디찬 비바람 습도 깊은 침울한 공기벽 뚫고
끝도 없이 휘릭휘릭 몰아치고 있네요

허나

끝이 없어 보이는 눈물도 끝이 있고
끝이 없어 보이는 절망도 끝이 있지요

믿어 주세요

추신

슬픔을 이기고 절망을 이김에
가장 필요한 것 그것은
지혜라고 하네요

저에게는 참 마음에 와닿는 말이라
여러분들과 공유하고 싶었어요

오늘도 울고 울고 또 울고
오늘도 포기하고 포기하고 또 포기하며

내일의 한 번의 웃음과
내일의 한 번의 희망을

위하여

20210821

보고 싶소

하얀 구름 뒤 조금씩 조금씩 보이는 파아란 하늘
수줍은 님의 모습인 것 같소

사랑하는 그대여

수줍음 고이 접고 나 보러 빨리 와주오

제발 빨리 와주오

방금 쨱쨱쨱 새소리 들으셨소?

내가 그댈 보고 싶어 한다잖소

그러니

확 파랗게 개인 파란 하늘마냥
그냥 뛰는 심장 따라

나 보러 와주오

제발 그리해주오

바람도 말하지 않소
내가 그댈 보고 싶어 한다고

나무도 말하잖소
내가 그댈 그리워한다고
보고 싶어 죽어가니
이리 나 버려두지 마시고
빨리 나 보러 와주오

보고 싶소

그래서
죽을 것만 같소

그러니
빨리 나 보러 와주오

오늘도 그대 생각에 내 심장이 뛰니
나 오늘도 살아 있음이 분명하오

20210821

바닥의 심장

허 내 진붉은 심장 바닥에서 뒹구니
앞 뾰족 카우보이 구두로
부드럽게 밟고 서있네

허 담배 연기 속 선명치 않은 붉은 색 피가
심장 구멍에서 더럽게 흐르고 있으니
허 참으로 보잘것없는 심장이군

허 구둣발로 다시 한번 부드럽게 죽어 가는 검은 심장 밟고 서있네

허 구두발 더러워졌으니 진갈색 흙에 바닥 닦고
저 더러히 못난 놈 버려 두고 심장 없이 멋지게 가 보자

허 여명 속 습도 깊은 공기 냄새
가죽점퍼 속 살아있는 살결 위로
뜨거운 땀 흐르니

점퍼 벗어 허리에 두르니
이제 좀 멋지구나

뾰족한 구둣발로 못난 심장 한 번 더 밟고
부드럽게 죽이며 가보자꾸나

넌 바닥에서 서서히 죽도록

부드럽게 두고 말이지

20210822

또다시 찾을 것이니

그대와 몸 섞던
정열의 밤 지나고

새벽녘 밤고양이 같이
차거운 여명의 밤거리

추잡해진 옷자락 여미며
바람따라 비틀비틀 걷고 있어요

오 비밀의 그대여

그대와 마신 독한 위스키
아직도 심장 속에 남아 기분 더러우나

따뜻한 위로 줄 그대는 뒤에 없군요

비틀비틀 거리
조금씩 걸어지기 시작하니

새벽의 찬바람에 그대 향해 달아오르던
이 정열의 몸 식혀 주는군요

다시 더럽게 찾아들 그대의 품이지만

그럼에도

그대 손가락 까딱에
밤고양이가 되어 흘러들어갈
그대의 몸속이군요

지옥 같은 그대여

더러우나 벗어날 수 없는 이유는
사랑이군요

몸속에 남아 있는 그대의 정열

기분이 더러우나 이 몸이 반응하는 이유는
사랑이군요

사랑해요

기분 더럽군요

그래도 다시 찾아 내 몸속에 넣을
그대의 정열이군요

20210822

기다려요

그대가 날 품어주고
떠나던 그날 밤

지독한 고독함에 손목 피 흘렸답니다

그대의 정열의 손길
차겁게 식어 가던 날

지독한 슬픔에 독한 술에 취해 죽었답니다

그대여

이리 차거워지는 이유가 무엇인지요

이 한몸 아직도 그대를 잊지 못하고
이 마음 아직도 그대를 기억하고 있는데

이리 매정하게 가시는 이유는 무엇인지요

차겹게 식어진 침대 한 구석
타락에 젖은 흰 살결

그대의 손길 기다린답니다

그대여

어디에 계시는 겁니까

그대여

방구석 어두운 곳 어스름이 비치는 저 불빛 찾아

다시 정열의 심장 안고

다시 한 번만 찾아주세요

아 다시 한 번만 그대의 뜨거운 입술로

날 품어 줘요

제발요~

사랑해요~

20210822

흰색 종이

그대 향한 내 마음 흰색 종이

그 희디흰 흰색을 피로 물들일 순간이 왔네요

사랑했어요

내 흰색 종이 위에는 사랑 이외는 아무것도 없었어요

사랑했어요

내 하얀 종이 위에는 하얀 영혼 이외에는 아무것도 없었어요

사랑했어요

아니요

흰색 종이 붉은 색으로 물들이는 이 순간조차
흰색 종이의 마음은 하얀색이에요

사랑해요 그대를

하얀 종이 위 하얀 필로 쓰인 그대의 이름 석 자

그 뒤에 죽을 때까지 붙어있을 하얀 글자 네 개

사랑해요

20210822

사랑이란

사랑은 내가 하는 것이 아닌
내 영혼이 하는 것

사랑은 내가 하는 것이 아닌
내 마음이 하는 것

제대로 되는 게 하나도 없으니
그게 바로 사랑이렸다

기쁘려고 해도 슬프고
슬프려고 해도 기쁘고
잊으려고 해도 기억되고
기억하려 해도 잊어지는

참으로 내 의지 하고는 아무런
상관이 없는 것이

사랑이렸다

그렇지 않는가?

마음대로 되는가?

마음대로 된다면 그건 사랑이 아닐 확률이 높지를 않을까 이리 생각
해 본다네

돈도 명예도 부귀도 다 부질없이 만들어 주고
번뇌와 고뇌와 슬픔만 주는 듯하나
거부 못할 치명적 행복을 주니 그것이 사랑이렸다

미치도록 쓰지만 그 달콤함이 미치도록 한도를 초과하니
보잘것없는 인간의 힘으로 어찌 되지를 아니하는 것 그것이 사랑이
렸다

사랑은 인간의 영역이 아닌 신의 영역

볼품없는 내가 거부할 수 있는 것이 아니었더라

그러니 오늘도 하늘의 뜻 감사히 받아들이고 사랑을 하는 것 이외에

내가 할 수 있는 것은 아무것도 없더라

사랑은 하늘이 주신 귀한 선물
대지에 뿌리라고 주신 신성한 선물
오늘도 정성껏 사랑비 뿌리니
사랑의 풀뿌리들 돋아날까나 싶구나

20210823

자기야~♥

자기야~♥

나 집에 가면 안 돼~↑♥
밖은 너무 춥고 그래

나 이리저리 휘젓고 다녀도
자기야~♥만 한 남자가 없쪄~♥

자기야~♥

나 집에 가면 안 돼~↑♥
나 얌전한 고양이마냥 있을게 정말이야

자기야~♥

나 그대 넓은 품에 꼭 안아　~♥

응~↑♥ / 자기야~♥

제발~♥

나 섹시한 치맛자락 찢어졌어

속옷도 보일락말락 해~~~~

자기야~♥

나 집에 가면 안 돼~↑♥

나 좀 씻겨   ~~~~~~

응↑

나 집에 가면 안 돼~~~~↑♥

제발~~~~♥

밖은 너무 추웡~~~~~

난 그대 품이 좋아낭~~~♥

자기야~→♥

사랑행♥

고양이 야옹

야옹

두 발톱 세우고 나 왔엉

야옹 야옹

어멍 실수

그대 넓은 가슴에 내 발톱자국 선명해

그대 피 보니 내 전신의 피가 끓어올라

야옹 야옹

내 발톱 그대 곱슬머리에 깊숙이 박아

내 가슴에 끌어안을 거야

나 먹엉

야옹 야옹

그대 샴푸향기에

정신이 혼미해

그대 넓은 등에 발톱 깊숙이 박으니

피 냄새가 낭 야옹

참을 수가 없어

어떻게 좀 해줘 봐

원수냥♥

너 확 씹고 싶어

악♥

20210824

그대만을 위해

그대만을 위해 태어났고
그대만을 위해 살고 있고
그대만을 위해 죽고 있습니다

그대만을 위해 울고 있고
그대만을 위해 웃고 있고
그대만을 위해 숨을 쉬고 있습니다

그대만을 위해 진붉은 심장이 뛰고 있고
그대만을 위해 뜨거운 피가 흐르고 있고
그대만을 위해 삼생의 사랑 사랑을 하고 있습니다

그대만을 위해♡

20210824

이 순간을 살거라

가련한 영혼들이여

이 금쪽같은 순간을 살거라

불쌍한 영혼들이여

이 오색빛의 순간을 살거라

외로운 영혼들이여

이 사랑샘의 순간을 살거라

이 순간의 negative를 버리고

이 순간의 positive를 취하며

이 순간을 살거라

이 순간의 행복이 다음 순간의 행복을 끌어오느니라

20210824

사랑은 모든 것입니다

사랑은 행복을 만드는 유일한 정신이고
사랑은 웃음을 만드는 유일한 기계이고
사랑은 용기를 만드는 유일한 무기이고
사랑은 그대를 만드는 유일한 물질입니다

사랑으로 불행한 자신에게 웃음을 주고
사랑으로 불우한 자신에게 행복을 주고
사랑으로 힘겨운 자신을 똘똘 무장하고
사랑으로 똘똘똘똘 사랑을 만드는 것

그대의 영혼이 평온을 찾고
그대의 정신이 안정을 찾고
그대의 주위가 평온을 찾는
유일한 방법입니다

눈물로 사랑을 쓰시고
좌절로 사랑을 그리고
상처로 사랑을 씻지만
그것이 그대가 이생에 해야 할

유일한 일입니다

사랑을 하면 세상은 아름답고 사랑을 하면 세상은 부드럽습니다

사랑이 흐르면 귓가에 들리는 것은 세상에서 가장 아름다운 선율이
고
사랑이 흐르면 마음에 지나가는 것은 세상에서 가장 짜~릿한 전율입
니다

사랑은 모든 것입니다

믿어주세요

20210827

흠~

빨간 입술로
보드카 쪽쪽쪽 빠니

화끈하게 그곳이 달아올라
풀어진 눈빛으로 주변을 찾네

짙은 파란색 비단옷의
빨간 잔을 든 힘 있는 두 손에

쓰러지듯 긴 치마 밑 확 들어난
정열의 두 다리 벌려 맡기네

비단옷에 안긴 한 몸
더 이상 달아오를 곳 없어

고통 속에 뜨거워진 한 몸
끝없이 그 속에 파고들려 하네

흠~~~

섹시한 음율 타고 손가락 끝 전율의 신음소리 들리니

터질듯 부푼 가슴 갈 곳은 그곳밖에 더 없구나

독한 술 빨듯 빨아줘 흠~~~

갈 곳 없이 부푼 가슴 비단옷이 부드럽게 감싸 안네

20210827

그냥 마음 따라 사랑하면 됩니다

사랑이란 그리 어려운 것이 아닙니다

좋아하면 좋아하는 것만큼 잘해주고
사랑하면 사랑하는 것만큼 잘해주고
죽도록 사랑하면 죽도록 사랑하는 것만큼 잘해주면 됩니다

시작은 호감으로
과정은 마음으로
결과는 무소유로

그리하시면 됩니다

Simple is the best.

밀당 그런 거 하지 마요

그거 할 시간이 있으면 좋은 책 한 권이라도 읽읍시다

어떠한 종류의 사랑이든 다 마음으로 최선을 다하며

주는 것만치 받으려고 하지 마세요

그냥 주세요

그러다

주기 싫어지면 주지 않으시면 됩니다
여러분들이 지금 사랑 때문에 힘들어하고 있다면
그건 누구의 탓?

내 탓

내가 선택한 길입니다

마라톤 달리다 힘들면 포기하면 되고
아직 달릴 만하면 달리면 됩니다

내 인생의 마라톤을 달려주는 사람은 누구?

그렇습니다 나

나밖에 없습니다

사랑도 상대방이 어떠하든
내가 내 할 일 하면 됩니다

어렵지 않습니다

그냥 주고 싶은 대로 주면 됩니다

그냥 사랑하고 싶은 대로 사랑하면 됩니다

상처받았다 우세요
힘들다 말하세요
가고 싶다 가세요

후회하지만 않는다면

허나

힘들어도 갈 수가 없다면 죽도록 퍼주세요
축날 것 같지요?
아닙니다

그대의 영혼은 끝없이 순수한 맑은 샘물로
채워지고 있는 중이랍니다

자꾸 이상한 더러운 물질로 샘물을 흐리지 마세요

진짜로 흐려져 다시는 사랑을 알아보지 못하고 눈먼 유령처럼 평생
을 앞 못 보고 살 수도 있답니다

오늘도 퍼주는 사랑하세요

그리고 받지를 마세요

받을 생각이면 퍼주지 마세요

그건 사랑이 아니고 다만 사람 마음의 장사일 뿐입니다

오늘도 사랑 장사 말고 무소유 사랑을 합시다

심장이 아픈 사랑 일생을 다해도 만나지 못하는 것이 비애이지 만나
슬픈 것은 참말로 하늘이 주신 매우 귀한 선물이랍니다

20210901

싸구려 심장

으스스한 골목길

찬기운도 으스스한데

빛나는 그대가 지나가는 순간

내 이 싸구려 심장이 그대를 따라갔다오

잠시만 기다리시오

그대여

내 이 싸구려 심장 가져가시오

피 뚝뚝뚝 떨어지는 볼품없는 싸구려 심장이라오

우아한 그대에게 받치는

피빛짙은 진붉은 싸구려 심장이라오

제발~~~

받아주시오

그대의 화려한 빛에 가려
검은 색 돌멩이같이 보이는 싸구려 심장이지만

우아한 그대 앞에서 볼품없이
뛰고 있는 소심한 싸구려 심장이라오

제발~~~

받아주시오

그대를 보면 너무 빛이나 눈이 부시오

그럼에도 내 이 싸구려 심장 받아주시오

받아 버리서도 괜찮으니 빛나는 그대여

내 이 싸구려 심장
그대의 우아한 하얀 손가락 끝으로 집어 받아주시오

피가 뚝뚝뚝 떨어지는 싸구려 심장이라오

그대의 혐오 오른 하얀 손가락 끝이지만

이리 싸구려 심장 집어주시니
내 이 저질스럽고 음흉해 보이는 웃음이
안개처럼 더없이 몽롱하게 피어오른다오

우아한 그대에게 받치는 내 이

싸구려 심장이라오

20210904

관 속

눈을 뜨니 어두컴컴한 관 속
죽어서 사랑으로 관 속에 묻힌 것

그럼에도 하늘은 무심히도 멈추었던 심장
다시 돌려주었다네

깊게 쉬어지는 숨과 함께
속세의 번뇌는 따라오니

관 속 뚫고 나가야 한다네

관 속에서 들리는 흐느끼는 소리
나를 사랑하는 사람들 있으니
관 속을 뚫을 힘이 되어 주겠구나

어둡고 조용한 관 속 틈새로 불빛이 비집고 들어와 자리하니 미동도
없이 쳐다보았지

한 손 들어 관 뚜껑을 향해 똑똑똑 하니
관 뚜껑이 열림과 동시에 햇살이 물밀듯 밀려들어와 눈부심에 두 눈
감으니
눈물이 눈가 타고 방울방울 흐르는구나

두 번째 인생은 참 좋은 인생을 살아야겠구나

날 위해 울어 주는 사람들에게 참으로 고맙고 감사한 귀한 인생이니라

20210905

여 이쁜 아가씨여

여 저기 짧은 머리 이쁜 아가씨여
나하고 한잔하지 않을랑까

여 저기 짧은 치마 이쁜 아가씨여
나하고 바다 한번 보지 않을랑까

내 이 선글라스에 비친 아가씨여
어여 내 차 한번 타 보지 않을랑까

부드럽게 이 아스팔트 타며
시원한 바람 한번 느껴 보지 않을랑까

여 아가씨여
그 눈빛은 곤혹적이겠으나
내 눈엔 대박 고혹적으로 보인당께

그렇다네 허나

내 비록 남자는 아니나
남자보다 못할 것 없으니

참으로 재미있는 하루가 될 것을

그대의 까만 눈동자에 맹세한당께

여 이쁜 아가씨여

그리 수줍게 웃지 말고 나하고 바다 구경 가 주이소
나도 이쁘당께

근데

아가씬 왜 그리도 이쁜가

심쿵이라네

오해는 말랑께나

나 못된 남자 좋아한당께

여 이쁜 아가씨여

여자들 나 참말로 좋아하니 후회 없는 하루가 될 걸세

내가 필요한 건 그대와 함께하는 추상적 추억이지 물리적 추억이 아
니니 걱정을랑 붙들어매시고 어서 빨랑 내 차에 타시게나

여 이쁜 아가씨여

내 그대 마음 꽉 채워 무엇이 천당인지 한번 보여 줄랑께

여 아가씨여

참 이쁘당께

20210905

대지

난 변함 있는 물이고 싶지 않다네

난 변함없는 대지이고 싶다네

난 물처럼 유연히 여기저기 맞추며 살기 싫다네

난 대지처럼 변함없이 홍수도 품어주며 그리 살고 싶다네

그리고 사실

물이 유연하고 잘 변한다고 하나 다시 생각해 보면 그 물의 성질은
변함이 없거늘
물이 아무리 유연히 변하고 싶어도 물 자체가 존재하지 않는다면 어
찌 변함도 있겠는가

하여

나 자신을 잃으면 나 자신도 이 세상에 존재하지 않을 것이니 나 자
신을 잃지 말고 잘 지키세

내가 어떠한 모습으로 보이든 지켜야 할 나 자신은 그대로 있어야 함
이 이 세상의 이치라네

사랑 또한 그러하네

우는 것도 웃는 것도 미운 것도 고운 것도

모두모두모두 다

사랑이 있어서가 아니겠는가

사랑만 변하지 않는다면

호수처럼 밀려오는 그대의 원망도
폭풍처럼 몰아치는 그대의 눈물도
햇빛처럼 쏟아지는 그대의 사랑도
대지같은 마음으로 다 받아주리오

그대와 내가 서로 사랑만 한다면♥

그대는 오늘도 날 사랑하는가

난 오늘도 그대를 몹시도 사랑한다네

20210909

222

미치겠엉

너의 고통스러운 얼굴에
내 지옥의 사랑이 샘솟는구나

한 번만 더 딱 한 번만 더

그대의 색시한 가슴에 잘근잘근 칼자국 그으며 황홀한 피 냄새 맡고
싶어

그대여
내 사랑 그대여

미친 듯이 사랑한다오

이리와 줘요 제발요

이 서슬푸른 칼 그대 심장의 피 냄새 맡을 때가 내 사랑의 오르가슴
느낄 때임을 그대도 잘 알잖소

빨고 있는 내 이 손가락 음흉한 내 이 웃음 악마의 속삭임에 이 몸이
설탕 되어 녹아내리며 그대의 진붉은 피를 찍어 맛있게 맛보고 있네

흠 너무 맛있엉

미치게 그대를 빨고 싶구나

나를 미치게 하는 내 사랑이여
그대에 대한 사랑에 나 서서히 미쳐가니

이 피의 맛은 그대에게서만 느낄 수 있는 세상 어디에도 없는 쾌락의
느낌이라오

흠~

한 번만 딱 한 번만 더 해 보자 제발 부탁이야

칼끝이 반짝반짝 피맛이 그립다고 하잖아

흠~

전신에 짜릿한 전율이 흐르고 그곳이 그대를 찾으니 나 미칠 것만 같
아

흠~

한 번만 딱 한 번만 더 지옥의 황홀한 맛을 보여

사랑해 미치게 사랑해

그러니 내 사랑아

한 번만 딱 한 번만 더

핏빛 속의 황홀한 오르가슴 느끼게 해줭 제발 부탁이양 흠~

20210919

이면성

이 세상 모든 것에는 이면성이 있지

불빛이 있으니 어둠도 있고
행복이 있으니 슬픔도 있고
성공이 있으니 좌절도 있고
용기가 있으니 나약도 있고
사랑이 있으니 미움도 있지

어찌

늘 불빛만 있고
늘 행복만 있고
늘 성공만 있고
늘 용기만 있고
늘 사랑만 있고

어찌 늘 그러하겠는가

또한

어찌

늘 어둠만 있고
늘 슬픔만 있고
늘 좌절만 있고
늘 나약만 있고
늘 미움만 있고
어찌 늘 그러할 수도 있겠는가

돌고 도는 세상사

오늘이 행복하다면 마음껏 기뻐하고
오늘이 불행하다면 마음껏 슬퍼하라

그리고

늘 새로운 심장 뛰는 순간을 맞이하라

설령 그것이 심장이 서는 크나큰 일이라 할지라도

흠~

새벽녘의
조금은 찬 공기와
조금은 운치 있는 어둠과
조금은 우아한 벌레의 오케스트라와
조금은 옆에 있을 것 같은 그대의 향기가
나는 참 좋더라

20210920

깨어나시게나

언제까지 자신을 잠재울 것이오
이젠 깨어날 시간이라오

서서히 불타올라 나 자신도 끌 수 없는 화려한 불꽃을 피울 시간이라오

폭풍우 속에서도 지독히 타오르며 지독히 죽지 않는 지독한 생명력
의 불꽃을 피울 시간이라오

깨어나시게나
일어나시게나

세상에서 가장 아름다운 그대를 만들 시간이라오

고요함 속에서 보여지는 울부짖음과
울부짖음 속에서 보여지는 고요함과
뜨거움 속에서 보여지는 차거움과
차거움 속에서 보여지는 뜨거움의

그대를

만들 시간이라오

사랑하는 그대여

깨어나시오

얼음 속에서도 활활 타오르는
아름답고 미친 불꽃이 되시게나

살점 떨어지는 고통 속 터져나오는
고요함의 정석이 되시게나

부디 그리 되시게나

20210923

그녀를 타고

피곤한 눈 비비며

한잔 대충 우유 먹고
한번 대충 이를 닦고
사랑스런 그녀를 찾았네

어제의 격렬함에 섹시한 그 알몸
상처자국 역력하니

부드럽지 못했던 내 자신
죽어 버리고 싶을 만큼 후회되네

어제의 정신 아찔 숨넘어가던 그 순간
다시 한번 뇌를 스치니
온몸에 전기 돌며 입술이 파르르 떨리네

그녀를 아끼고 사랑하겠다 그리도 다짐해놓고
미친 듯이 질주를 한 내 자신
참으로 미친놈임이 틀림이 없구나

섹시한 그녀를 타면
흥분을 주체하기 힘듦은 심히 이해가 가나

그리도 그 고속질주의 짜릿한 순간이 좋더냐

짐승

그녀가 이리도 상처입고 녹초 되어 힘들어하는데 왜 또 그 짐승본능
억누를 수가 없었는가

동물

안전하게 살살 그녀의 풍만한 허리에 올라타

발로 부드럽게 밟아주고
손으로 부드럽게 돌려주고
부드럽게 들어가다
끝맺음 확실히 하여 맺어주는 것이

그녀와의 정확한 관계를 갖는 방법이렸다

그렇지

오늘도 그녀를 탄다면 부드럽게 넣어 주시게나

부드럽게 넣어주고
부드럽게 한몸되고
부드럽게 밟아주고

부드럽게 돌려주고

출가한 마음으로 평온함을 찾고
더러운 질주본능은 그녀 위해 참으리

라고요

오늘도 모두 안전운전 하세용

20210924

독향기

흩날리는 꽃잎 속 검은색 영혼이 저주의 차거운 춤을 추니
화려한 아름다움 속 음산한 기운이 용트림하며 힘차게 감돌아 올라
가네

저주 속 간간히 들리는 흐느낌 소리가 음산한 기운의 미소를 동반하
니 그 이쁨 속 처량함은 참으로 두 눈 뜨고 보기조차 아름답구나

음산한 기운과 함께 한층 짙어지는 독향기와 검은 색 영혼이 내뿜는
짙푸른 색깔이 아름다운 죽음을 우아히 부르니 그 지독한 황홀함에
독사되어 땅 밑에서 기어다니고 싶을 지경이로다

독향기가 짙어지는 지옥의 춤과 함께 화려하게 피어나는 서슬푸른
칼꽃이 어둠 속에서 숨 막히는 저주의 빛을 뿜으니 피맛의 살점이 그
리워 혀를 날름거리네

흠~

독향기로 그대를 감싸 안고
죽음 속을 헤매는 그대를 보며

사랑의 칼꽃을 그대 몸에 새기니
그대의 살맛에 취해 독향기만 짙어 가노라

그대살점 도려내고
그대영혼 칼질하며
맛보는 이 아침

행복해 죽게 생겼으니

이 어이 흥분할 일 아니더냐

행복한 하룽룽 ㅋㅋㅋ

20210926

평화롭기 거지없는 일요일

오늘은 sunday sunshine

참참참으로 평화롭고 좋습니다

천당 지옥을 믿지 않는 저도 그만 이 평화로움에 부처님 예수님 부를 뻔

암튼

햇살 좋고
바람 좋고
공기 좋고
하늘 좋고
남자 좋고
모두 다 참 좋은 날입니다

그래서
오늘은 오랜만에 나무 의자하고 대화를 나누어 보았습니다

야 넌 왜 의자지?
야 넌 왜 나무에서 왔지?
야 넌 왜 그렇게 못생겼지?
야 넌 왜 하얀색이지?

야 넌 왜 다리가 네 개나 있지?
야 넌 왜 키가 무지 짝지?
야 넌 왜 신발을 안 신었지?
야 넌 왜 벌거벗고 있지?
야 이 쌍놈의 시끼
대답 안 할 거니?

얏 확 패서 난로 아궁이에 확 처 집어넣고 활활 불꽃 한번 피워 보리?

얏 대답해

왜 홀딱 벗었어

이 씨발라먹을 놈의 시끼

이렇게

평화로운 대화를 나누어 보았답니다

참 좋았습니다~

홋홋홋

기품 있게 우아하게 웃었지요

이는 드러내지 않고 말입니다

참~~~~~~~♥ 좋은 sunday

또 하루의 귀하고 소중한
찐 좋은 일요일입니다♥

20210926

나를 짜면 뭐가 나올까

한 스님이 이런 질문을 하셨다네

레몬을 짜면 레몬주스가 되고
오렌지를 짜면 오렌지주스가 되는데
그대를 짜면 무엇이 되는가

뒤통수 하나 세게 맞은 기분이었지

나를 짠다?

그러네

나를 짜면 뭐가 나올까

기쁨? 슬픔? 용기? 실망? 사랑? 절망? 등등

난 뭐가 나올까

스님은 오렌지를 짜면
오렌지주스밖에 나오지 않는다고 하셨지

근데 다시 생각해 보면

신선한 오렌지를 짤 때와 썩은 오렌지를 짤 때는 모두 오렌지주스겠지만 차원이 다른 오렌지주스겠지

그렇다면
지금의 나는 신선한 오렌지인가? 썩은 오렌지인가?

좀 더 시간과 공간을 쪼개서 본다면 지금 이 순간 이 공간에 있는 나는 신선한 오렌지일까? 썩은 오렌지일까?

여러분은 지금 이 순간 이 공간에선 어떠한 오렌지주스인가?

어떠한 오렌지가 되고 싶은가?

설마 썩은 오렌지는 아닐 테겠지만도 세상사 어디 사람 마음대로 되는가 ㅎㅎ

난 지금 이 순간 이 공간에서 이러한 짜네 마네 글이나 쓰고 있으니 그대들 보기에 나는 이 순간 이 공간에서 어떠한 오렌지로 보이는가?

오늘도 fresh한 하루 되시게나

ㅎㅎ

20210928

배신자

이 세상에는 배신자가 있지
못난 배신자도 있고
찌질한 배신자도 있고
밉상인 배신자도 있고
더러운 배신자도 있고
지지분한 배신자도 있고
양심 개 뜯어먹은 배신자도 있으니

오늘 하나 더 추가해 주리
화려한 배신자

그 화려함에
정신이 아찔하고
정신이 혼미하니

죽음을 주어도
정신을 못 차리지

화려한 배신자는
화려한 독사와 같고
화려한 독전갈과 같고
화려한 독거미와 같고

화려한 독사과와 같고
화려한 독열매와 같으니

그러함에도

그 화려함에 죽어가는 줄 모른다는 것이
화려한 배신자의 매력이더라

이 말이지
어찌 정신을 차릴 수가 있겠는가

한번 해 보시게나

행운을 비네

ㅋㅋㅋ

20210925

불행에 대해

주변을 돌아보면 무기력함을 느끼는 분들 참으로 많다네

무기력한 사람은 그리 행복한 사람들이 아니니 다시 정의하면 무기
력한 사람은 불행한 사람이렸다

그들은

얼굴은 화사히 화장을 했으나 썩어 있고
옷은 화려히 입었으나 검은 기운이 감돌고
멋진 삶을 사는 척은 하고는 있으나 속은 텅 비어 있느니라

왜 그럴까

이쁘게 했으니 이뻐 보여야 정상이고
멋지게 입었으니 멋져 보여야 정상이고
잘살고 있는 것 같으니 그리 잘 살아야 정상이 아니더냐

왜 그렇게 보이지를 않을까

이미 답은 그대들의 마음속에 있지

그들이 이쁘게 하는 이유는 내 자신을 아껴서라면 괜찮겠으나 누군

가에게 잘 보이기 위함이 더 클 수도 있겠으니 설령 내 자신이 좋아하지 않는다 하더라도 하는 경향이 강할 수도 있겠으니 이 또한 그대들의 불행의 시작이니라

그들이 멋지게 하는 이유는 내 공허하고 알량한 자존심을 힘들게 지혜와 지식으로 쌓기보다 쉬운 겉모습 꾸밈으로 존재감을 보여주기 싶은 마음이 더 클 수도 있겠으니 이 또한 그대들의 불행의 시작이니라

잘살고 있는 척을 하는 이유는 그대들의 비참한 내면을 죽어도 보이기 싫은 마음에 그 뿌리가 있다면 이건 썩은 곳을 도려낼 용기가 없는 나약함에서 온 것일 수도 있겠으니 비싼 비단으로 감싼다고 한들 풍기는 썩은 악취를 어찌 숨길 수가 있겠는가이니 이 또한 그대들의 불행의 시작이니라

두꺼운 화장을 하지 않아도
땀방울 흘리며 치열히 싸우시는 분들 그들의 웃음은 참으로 이쁘단다

멋진 옷을 입지 않아도
먼지 뿌연 작업복 속 고리타분한 땀 냄새 참으로 괜찮단다

땡전 한 푼 없어 보여도 부끄러워하지 않고 하루하루 알차게 나름대로 살아가는 이들 그들은 세상에서 가장 건전하고 강하단다

그대들은 치열히 싸우지 않았다네

늘 누군가의 피땀을 착취하며 한가히 살았네 그러기에 억지로 만들어 놓은 자기만의 세상에 자기만 남겨지는 순간 그대들은 죽을 만큼의 한가함에 무기력함을 느낀다네

그렇네

무기력함의 다른 한 면은 한가함이라네

치열히 싸워 본 사람들은 알지

치열한 하루의 가장 행복한 순간은

냉장고에서 꺼내든 시원한 맥주 한 캔과 창문으로 조용히 바라보는 여유 있는 한가함이라는 것을

이것이 최고의 무기력함이요
진정한 인생의 낙이라오

추신

현재도 할 일 없이 무기력하다면 공원에서 백 바퀴 뜁시다
화장은 지워지고 옷에서는 썩은 땀 냄새가 나겠지만도 진정한 한가함의 순간을 조금은 느낄 수 있을 것이오

오

그리고

시원한 맥주도 괜찮지만 시원한 오렌지주스도 괜찮다오

20210930

삶

수도없이 많은 후회와
수도없이 많은 좌절과
수도없이 많은 암흑과
수도없이 많은 길잃음
속에서도

포기할 수 없는 것이 있었으니

곧 꿈과 사랑이 아니더냐

삶이 미숙한 우리에게 내어준 영원한 숙제가 아니겠느냐

그렇다네
영원한 숙제

삶이 다하는 순간조차도 내가 살아온 것이 맞나 의심을 하는 영원히
풀지 못하는 숙제라네

지금까지 나 자신과 함께 숙제를 형편없이 풀어 왔다면 지금부터라
도 조금은 괜찮게 풀면 되는 것이거늘
너무 자신에게 각박하지 말고 가시덤불 헤치느라 피 흘린 상처 많은
나를 잘 품어주시게나

맛있는 것도 사주고 예쁜 옷도 사주며 수고했다 다독이고 칭찬도 해
주며 웃음꽃도 주어야 하지 않겠나

숙제를 잘 풀지 못하는 나를
너무 구박하지 말거라 그 말이네
다 똑같이 허접하게 풀고 있으니 무슨 걱정이겠는가

허접한 사람들끼리 손에 손 잡고 허접하게 삶의 숙제를 풀면서 가면
되는 것이니라

나도 끼워 주라

난 대박 허접해 삶의 숙제가 있는 줄도 몰랐다네 ㅋㅋ

지금 이 순간부터 풀어야 한다네 ㅋ

돌아보니 참으로 엉망이더군

그래서 꼼수 좀 부릴려고 하네

이미 지난 앞부분은 확 버려 버리고
아직 오지 않은 풀어야 할 뒷부분만 풀려고 하네

물론 풀어야 할 것이 남아있다면 돌아가 다시 풀어도 되지 그게 뭐
그리 어렵겠는가

지금의 그대는 그때의 그 나약한 그대가 아니지 않는가

풀다 다 못 풀면

그건 모르지

인생·사람의 일생·삶(삶아 먹는 것?)

20210930

새벽의 평온함이여

낮은 활력이 넘쳐 좋긴 하나 너무 정신이 없는 것 같아

모든 것이 빛의 속도로 빠르게 흐르니
정신을 차릴 수가 없어

차도의 자동차도 빠르게 흐르고
세상의 경제도 빠르게 흐르고

하물며

곡식과 풀조차도 태양빛 받고 자라느라 분주하더라

그것과 비하면

분명히 똑같은 흐름에도 느껴지는 이 느림의 평온함은 그 무엇과도
바꿀 수 없는 참으로 귀한 느낌인 것 같아

부지런한 새들조차도 잠자고 있으니 이 세상에 깨어 있는 자는 과연
몇 명이나 될까나

엄청 많겠지

안 돼

평온함이 깨지는 이 느낌

참 좋구나
세상은 왜 그토록 사람들의 불안감을 싣고도 빠르게 움직여야만 하는가

평온한 마음을 싣고 천천히 갈 수도 있을 법한데 알고도 모를 일이야

그나저나

시간의 느림이 참 좋구나

그나저나

새 소리도 없는데 간간히 들리는 자동차 소리에 새보다 더 바쁜 우리의 일상이 조금은 안쓰럽구나

20211001

나와 내 주변의 여러 사람들

살다 보면 내 주변에는 별의별 사람들이 참 많지

물론 다른 사람의 입장에서 보면
내가 또 별의별 사람이겠지

그 별의별 사람들 가운데는 매우 긍정적인 사람도 있는 반면 매우 부정적인 사람도 있겠으니

이런 경우 사람들은 긍정적인 에너지를 주는 사람을 가까이하고 부정적인 에너지를 주는 사람은 멀리하려는 경향이 있지

근데 다시 생각해 보면 긍정적인 사람 부정적인 사람 다 나의 스승일 수도 있겠으니

긍정적인 사람과 함께하며 나약한 나를 반성하고 부정적인 사람과 함께하며 조잡한 나를 다스리는 것도 꽤 괜찮은 것 같다네

그렇지 않는가

긍정적인 사람을 보며 난 왜 이런 조그만 한 일 때문에 나약하게 꾸역꾸역하지 이러면서 반성을 하고
부정적인 사람을 보며 짜증으로 끓어오르는 내 불같이 더러운 심성

을 참으며 조잡한 나를 다스려 평온한 마음으로 그 부정적 말들이 명언?처럼 들릴 때 그대는 신?이 되겠지

그리고 또다시 생각해 보면 나 자신을 포함해

이 세상에는 완전히 긍정적인 사람도 없고 완전히 부정적인 사람도 없지를 않는가

그냥 정도의 차이일 뿐이지 않는가

사람은 상대방에 따라 그 정도의 차이는 더 명확히 나타난다네

다시 말하면 중산층 생활을 하는 그대가 거지를 만나면 그대는 매우 긍정적인 사람이 되겠으나 그대가 상위 0.1%의 재벌을 만난다면 그대는 자신의 이룩한 모든 것에 회의감이 드는 완전 부정적인 사람이 될 수도 있다 그 말이지

물론 물질적인 것에 영향을 받지 않는 그대임을 잘 알고 있으니 그냥 예를 든 것뿐이지만도
내 얄팍한 견해로는

이 세상 모든 사람은 다 나의 좋은 스승이고
이 세상의 모든 동식물도
다 나의 좋은 스승이 될 수도 있다

고 생각한다네

우주에게서는 그 드넓은 마음을 배우고
풀포기에게서는 그 강인한 생명력을 배우고
원앙에게서는 그 진실 된 애틋한 사랑을 배운다네

오늘도 부지런한 새에게서 배우는 참 좋은
하루의 시작이라네

20211001

생명에 대하여

생명이 영원하지 않으니 그 소중함에 눈물이 난다
고 모 스님이 말씀하셨지

마음에 확 와닿는 말이기는 하나 느낌은 잘 오지 않았다네

내 몸이 낡아가고 기관도 낡아 간다는 것은 끝이 있다는 것이니 유한
한 오늘이 참으로 아름답고 이쁘고 소중하다는 것인데
아직 미숙하기 이를 데 없는 나로서는 유한함에서 오는 그 아름답고
아련함을 잘은 모르겠으나
유한한 삶 속에서 그대를 만나 유한한 사랑을 하니 슬픈가 물으신다
면 행복하다 대답하리오

유한한 아름다움 참 멋진 말이지 않는가

근데

이리도 짧고 아름답고 유한한 삶을 유한이 오기도 전에 끝내는 생명
들도 있으니 그리도 빨리 유한한 끝의 아름다움을 깨우치고 그 끝을
보고 싶었는가 싶기도 하구나

열심히 행복하게 살아야만 죽음도 아름다운 것이 될 것이니
유한한 오늘 하루도 행복히 잘 살아야 할 필요가 있지를 않겠는가

오늘 하루도 내 몸 속 기관의 열일로 생명을 부지하고 있음을 감사히
생각하고 순간순간을 아끼고 사랑하며 감성 충만한 참 좋은 하루가
되길 바라네

20211004

곁에 없지만 님아

님아

이 새벽 간간히 들리는 벌레소리에
마음이 아주 조금 심란하구나

베개는 너무 커 혼자 하기에는 여유로움이 넘치니 빈 공간 찬바람만
휑하니 스치고 지나가는구나

님아

그대가 곁에 없음을 눈물로 받아들인 하루하루가 어제 같아 아직도
그 슬픔은 없는 듯하나 뿌리 깊은 나무였더라

어쩌다 들리는 차 소리와 더불어 인생무상에 한숨 나오니 그 깊이가
천길 나락이요 밑바닥이 보이지를 않는구나

님아

몸은 자유롭지 못하나
마음만은 자유로우니

갈 곳은 오직 한 곳뿐임에

저 하늘 보이지 않는 달도 그 슬픔 느끼어
가는 길 비추다 슬픔의 안개 속에 숨었다더라

님아
사랑하는 님아

님아
보고 싶은 님아

오늘도 삼생의 세월마냥 변함없이 곁에 없건만
얼킨 두 사랑의 영혼은 영원히 함께하나니
슬픔 속 어여쁘게 피어나는 상사화가 오늘도 참으로 눈부시게 아름
답구나

님아
사랑하오

보고 싶소

그대 곁에
있고 싶소

님아

내 이름 한 번만 불러다오

사랑하는 내 님아~

몸은 떨어져도 마음만은 이어져 있는 모든 연인들에게~

20211007

요즘따라

늘 이 시간 때쯤 되면 깨는 나인 것 같아

불안했나 허탈했나 글쎄

그냥 조용한 이 새벽 책을 읽고 싶어졌어

마음이 평온해지니 참으로 신기하구나

요즘따라 이상한 삶을 산 것 같아 피가 낭자한 칼춤을 춘 것 같아 꿈
을 꾼 것 같아

현실이 아닌 상상 속에서 한 편의 영화를 찍은 것 같아

현실 속 조용함을 좋아하는 나와는 달리 상상 속의 나는 너무나도 격
렬해 현실 속 나 자신도 숨쉬기 힘들어질 정도가 된 것 같아

쉬엄쉬엄 천천히 천천히 한 발자국 한 발자국 자연을 느끼면서

부드러운 바람과
서정적인 빗방울과
푸르른 하늘을 보면서

호수같이 맑은 마음으로
오늘 하루를 보내고 싶구나

사람이 사는 인생 고달픈 윤회의 연속
사랑을 해도 미움을 해도 똑같이 고달프니

이 또한 윤회 속 깨달음을 얻기를 바라는 우주의 깊은 뜻이겠지

오늘은 무의 세계에서 깃털같이 가벼운 마음으로

사랑도 쉬고
미움도 쉬고

그냥 조용히 지내고 싶구나 그리하고 싶구나

인생도

쉬엄쉬엄 쉬우며 가야지

쉬엄쉬엄 비우며 가야지

20211009

지옥의 썩은 냄새

조용한 밤기운을 타고
지옥에서 온 썩은 영혼들이
땅을 비집고 독버섯처럼 돋아나기 시작하는구나

검은색 안개와 함께 썩은 냄새가 서서히 대지를 감싸 안으니 서늘한
바람이 깊숙이 뼛속을 휘집는구나

철썩 같던 심장이 아픔을 느끼며 썩은 물을 쏟으니 그것은 썩은 영혼
들의 억울한 무성의 외침이어라

천고의 세월에도 억울함 풀지 못해 썩어 문드러짐에도 이리 지옥에
서 비집고 나오니
그 비참함을 어이 이 좁은 땅이 다 담을 수 있으리오

허나

수천 년 수만 년 되풀이되는 이 대지가 품은 억울한 영혼들이 어이
너희들뿐이랴만은
너희들 보다 더 썩은 냄새 진동하는 이 세상이 너희들에게 해줄 수
있는 것이 진정 무엇이 있겠더냐

오늘도 억울히 매장된 아직은 신선한 고기들이 수도 없이 많았을 터

조만간 썩어 다시 돌아올 것이니 갸냘픈 사랑의 손바닥에서는 썩은
영혼들의 썩은 눈물이 뚝뚝뚝 피가 되어 쏟아져 내리는구나

20211011

나의 인생

오늘은 날씨 탓인가

기분이 썩 개이지를 않네

요즘따라 피곤에 절은 폴싹 썩은 얼굴을 보니 내 짧지도 않고 길지도 않은 인생이 쭉 지나가는 느낌이 들었지

이쁘지도 않고 밉지도 않게 태어났어

그리고 그것을 인지하지도 못하였기에
나름 생긴 그대로 살았지

참 열심히 살았어

그러다 어느 날 거울에 비친 나의 모습은 참으로 나 자신도 보기 구차할 정도로 못난이가 되어 있었지

평범한 길가의 초라한 들꽃으로 태어났음에도 강인한 생명력 하나로 모든 자연의 세례를 한 몸으로 다 받았으니 그 결과는 참혹했어

꽃잎은 붙어는 있었으나 찢겨져 있었고
이파리도 붙어는 있었으나 너덜너덜이었지

향기는 원래부터 별로 없는 들꽃이라 논할 여지도 못되니 지금부터
노력을 한다한들 보잘것없는 들꽃이 향기로운 장미가 될 리가 있겠
는가만은

내가 할 수 있는 일이라 하면

앞으로의 남은 인생길

작은 돌멩이라도 가림막으로
조금이나마 인생의 세례를 덜 받으며

떨어져 나가려 하는 보잘것없는 꽃잎의 숙명을 조금이나마 늦추는
것뿐이지를 않겠는가

내 인생

향기 없는 초라한 들꽃

강인한 생명력 외에는 가진 것이 없다네

그렇다네

20211012

인간은 아름다운 것 같아

우리는 파릇파릇 돋아나는 새싹 등을 보면서
오구구 이쁘구나 칭찬하며
그 터지려는 생명력에 칭찬을 아끼지 않지

앞으로 닥칠 험악한 현실을 본능적으로 잘 알기에 잘 버텨 살아남아
잘 자라주기를 바라는 선한 마음을 담아서 말이지

우리는 이쁘게 잘 자란 화초 등을 보며
그 왕성한 생명력을 몸과 마음으로 느끼며 그 아름다움에 무한한 찬
사를 보내지

잘 살아남아 꽃을 흐드러지게 피우는 것에 대한 어려움을 무의식중
에 잘 알고 있기에 그 찰나의 아름다움에 경의로운 찬사의 마음을 담
아서 말이지

우리는 이쁘게 물들어 간 떨어지는 단풍잎 등을 보면서 황혼의 애수
와 지난 세월에 대한 감사와 마무리 인생에 대한 평화로운 다짐을 느
끼며 그 조용하고 이쁘나 조금은 처량한 끝자락의 아름다움에 찬사
를 보내지

살아온 길이 평탄치만은 았았음을 직감하기에 그 수고스러움에 칭찬
의 마음을 담아서 말이지

우리는 서로 미워하지만 서로 사랑하고 서로 배척하지만 서로 품으려고 하지

인간은 감정이 섬세한 동물 늘 카멜레온의 몸 색깔 같이 변화무쌍하나 카멜레온임에는 변화가 없으니 인간이 이러한 저러한 이유로 지저분한 역사를 쓰는 듯하나 결국 역사의 수레바퀴는 좋은 방향으로 굴러왔으니 인간은 총체적으로는 선하고 아름다운 참 괜찮은 씨앗인 것 같아

오늘도 미움과 사랑을 동반하겠으나 사랑이 더 많을 것임을 직감하며 여러분들의 하루가 더 단단하고 알찬 하루가 되시기를 바라네

20211013

풍악을 울리거라

둥둥둥둥 둥둥둥둥
둥둥둥둥 둥둥둥둥
둥둥둥둥 둥기당당당
둥둥둥둥 둥기당당당

얼쑤

둥기당당 둥기당당
둥기당당 둥기당당
둥둥둥둥 둥기당당당
둥둥둥둥 둥기당당당

얼씨구

둥둥둥둥 두두둥둥둥
둥둥둥둥 두두둥둥둥
두두두두 둥둥둥둥
두두두두 둥둥둥둥

둥 좋구나

여봐라 네 누구 없느냐

더 격조 높은 풍악을 울리거라

얼씨구 절씨구 이 각설이 하고 한판 놀아보지 않겠느냐♪↓♪↑허

20211016

그 이유를 말해보시오

여자는 여자다워야 하고
남자는 남자다워야 한다면 그 이유를 말해보세요

여자는 부드러워야하고
남자는 터프해야 한다면 그 이유를 말해보세요

여자는 집안일을 하고
남자는 바깥일을 해야 한다면 그 이유를 말해보세요

여자는 엄마처럼 행동해야 하고
남자는 아들처럼 행동해도 된다면 그 이유를 말해보세요

위의 것들이 거꾸로 되는 것이 이상하다면
그 이유를 말해보세요

여자는 남성스러우면 안 되고
남자는 여성스러우면 안 된다면 그 이유를 말해보세요

이유가 있겠는가

다 제 살기 나름이지~

20211019

할미꽃

풍진의 세월이 야속하다 그랬느냐

내 나이에 이 정도면 참으로 괜찮구려

이른 아침 덜 깬 얼굴 푸석하다 그랬느냐

거울 속 화사히 피어있는 반 할미꽃 이쁘기만 하구려

세월의 세례를 비켜갈 이 없다고 그랬느냐

주름 속 인자함에 이보다 더 좋은 일 없겠구려

박씨같이 이쁜 미소 아니라고 그랬느냐

이쁘기만 한 활짝 웃음 천하 어디에도 없겠구려

오늘도

아름담이 부족하나 아름답고
화려함이 부족하나 화려하고
인자함이 부족하나 인자하고

그러한 거울 속 나

참으로 괜찮지를 아니한가

나는 잠 덜 깬 이른 아침 푸석푸석 행복 내가 참 좋더라

20211020

허공

허무하고 공허하구나

허탈하고 허망하구나

허~하고 공~하구나

허공이구나

더러운 몸뚱아리는 진흙탕 속 뒹굼 중이요
추악한 영혼 덩어리는 구중천 미친 춤이니
악취가 진동을 동반해 허공을 싸늘히 메꾸는구나

유가 무요 무가 유임을 다시금 되새기니

인생길 요지경 죄값조차 허공 속 가짜 같구나

실이 허요 허가 실임을 다시금 낙인하니

외로이 왔다 외로이 가는 황천길 그 차거움만이 진실 같구나

20211024

아주까리 모르는 게

해도 안 되고

하지 않아도 안 되고

인생사 참으로 어렵고 어렵구나

놓아도 안 되고

놓지 않아도 안 되고

세상사 참으로 어렵고 힘들구나

알 듯 말 듯
아닌 듯 말 듯
그런 듯 말 듯

미묘함이 주저함을 부르니

결정된 듯 아닌 듯
확실한 듯 아닌 듯
그러한 듯 아닌 듯

그러하구나

흠

20211025

인생을 횡설수설하다

아무생각 없음은 아무생각 있음에 그렇겠지
쉬어감을 바람은 시작함을 바람에 그렇겠지

헌데
아무생각 한다한들 아무결정 생기지 않겠지
사작함을 한다한들 아무결과 나오지 않겠지

헌데
아무생각 없다한들 아무일도 없지않겠지
시작함이 없다한들 아무결과 없지않겠지

그렇다면
아무생각 하지 않음과
아무생각 함을 함과와
쉬어감을 함을 함과와
쉬어감을 하지 않음과

에서

나는 우리는 그대들은 여러분들은

무엇을 하지 않음과

무엇을 함을 함에서
선택을 하지 않음과
선택을 함을 함에서

하겠는가

20211026

오늘의 마음가짐

미움보다 사랑이 낫고
사랑보다 존중이 낫고
존중보다 ○○이 낫고

ㅎㅎ ○○ 여긴 모르겠네유

암튼

미움의 방식도
사랑의 방식도
존중의 방식도

각자이지만

증오를 위해 미움을 위해 좌절을 위해

하는 사람은 있겠으나 없겠지요

사랑을 위해 기쁨을 위해 행복을 위해

하는 사람은 적지 않고 많겠지요

오늘도 변함없이 힘들지도 모르겠지만

그 누군가에게 행복은 몰라도

그 누군가에게 불행을 주는 일은
없는 하루가 되기를

나 자신에게 바라는 하루입니다

저 미래는

진짜 같은 가짜일지도 모르지만

이 순간은

가짜 같은 진짜일지도 모르니

오늘도 미완성으로 만들어진 나 자신이라는 불량품을 열심히 수선해
아주 쪼끔은 쓸모 있는 물건으로 만드는 일을 게을리 하지 않는다

여러분의 하루가 매우 즐거운 하루가 되시길 바랍니다

20211027

별거인 아닌 놈

별거 아닌 놈이
별거인 척하다
별거인 놈에 별스럽게 보였네

별거 아닌 놈은
별거 아닌 대로 살았는데
별거인 놈에 별스럽게 보였네

별거인 놈도
별거인 대로 살았는데
별거 아닌 놈에게 별스럽게 보였네

별거 아닌 놈이 별거인 아닌 건지
별거인 놈이 별거인 아닌 건지
별거 아닌 놈에게 별거인 놈도
별거인 놈에게 별거 아닌 놈도
참으로 별스럽게 보였네

20211027

핼러윈 데이

사랑하는 사람 기쁨 찾아간다고 하니
꽃길 깔아 고이 보내 드리오리다

사랑하는 사람 행복 찾아간다고 하니
정성 다해 고이 보내 드리오리다

즐거웠던 기억으로 슬픔을 덮으며
행복했던 기억으로 눈물을 닦으며

마음 다해 고이 보내 드리오리다

보랏빛 엽서에 끊음의 정 실어 허공에 뿌리니

손가락 피가 방울방울 저주되어 다시 흘러내리는구나

귀신들아 거기서 뭣들 하느냐

사탕만 먹지 말고 일 좀 하거라

귀신 많이 만나는 즐거운 핼러윈 데이 되세웅웅

20211031

추운 아침인가요

이른 아침 눈을 뜨니 창문 틈 사이로 찬 기운이 느껴졌어요

밖은 회색빛깔에 푸른 빛깔 더해져 더 한층 찬 기운이 느껴졌지요

따스한 이불 속이 좋은 건 월요일병 때문인가요

글쎄요

올해 겨울도 지난겨울들과 똑같이 추위를 보여 주며 따스한 순정의 눈꽃들을 피워 줄까요

늦가을 정취는 나날이 세월 속으로 저물어 가니 초겨울 낭만이 하루 다르게 물씬물씬 그 향기를 풍기네요

추운 삶에 지쳤나요

추운 날씨에 움츠러들었나요

무거운 이 한 몸 오늘도 보잘것없는 나를 위해 혼신의 힘을 내어 줄 것이니 이른 아침 따스한 물 한 잔이라도 대접해 주어야 함이 예의에 맞겠지요

20211101

스트레스

스트레스는 만병의 근원
치미는 것은 화뿐이라

심장은 모래 찬 듯 공기 없이 답답하고
눈물은 火에 말라 안개조차 묘연하구나

오늘도 열심히 살려고 했을 뿐이거늘
주변이 옥죄오니 숨 쉬는 것조차 사치구나

오늘도 모든 것을 버릴 용기 그건 그림자도 안 보이니
속세의 수련은 죽음에도 해탈이 어렵겠구나

오늘도 망연함이 생기 잃은 두 눈을 무정히도 메꾸니
보이는 것은 뿌연히 안개 낀 길 잃은 마음뿐이구나

유령도 웃고 갈 부러진 허리춤 천길 한숨으로 간신히 지탱하니
오르는 계단의 한걸음 인생의 끝 정상마냥 가쁜 숨 동반하는구나

내 기필코 이 죽음의 계단 죽음으로 넘을 것이니 가는 눈길 다시 잡
아 보소서 보소서

술 한 잔 필요 없고 커피 두 잔 필요 없으니

한 모금 물도 사치라 쓰고 깡이라 읽으리니

독하고 독하게 피 삼키며 갈 것이오

20211102

인생의 의미

숨을 한 번 들이쉬고 또 한 번 내쉬고

크게 웃고 크게 울고 또 들썩 사는 것

흠

좋구나

사랑하시라 마음껏 웃으며
이별하시라 지독히 울으며
들썩하시라 헤롱이 하으며 (적당히)

좋구나

달려가시라 힘차게 꿈을향해
주춤하시라 다소곳 한자리에
죽지마시라 침울히 지옥에서

좋구나

살아계시라 어느점 어느곳에서
숨을쉬시라 어느때 어느순간에

안아주시라 찬란한 어느순간을
열어주시라 사랑에 뛰는마음을

좋구나

20211107

뭔가 모르겠지만 좋구나

사랑을 주고 사랑을 받고
상처를 주고 상처를 받고
참 좋은 인생이지를 않느냐

돈도 명예도 따라오면 좋고
안 따라오면 그러하나 보다~~~~~ 하고
참 괜찮은 인생이지를 않느냐

배고프면 먹고 안 고프면 안 먹고
배고파도 안 먹고 그냥 안 먹고
참 멋진 인생이지를 않느냐

옷은 있으면 입고 없으면 안? 입?고???
있어도 안? 입?고? 그냥 안? 입?고?
참 무념무상 인생이지를 않느냐

좋구나

옷은 다급히 쳐다보니 다행히 입었고 밥은 대충은 먹었고 돈은 땡전
이라도 벌고 있고 명예는 집에서 큰소리하니 그걸로 만족하니

얼씨구 절씨구 지화자 좋구나

흠 기분 좋으니
이팔청춘도 아니지만은
비가 오지만 흠!!
풍악까지 울릴 것 없지만은 풀피리라도 빽빽? 꺾어불어볼까나? 생각
이라는 것을 좀 해봐야? 하나?

흠!!

내 인생 참~~~~~~ 괜찮구나

근데 나의 찬란함에 눈이 부시는 건 노안 때문인가?

근데

아주까리는 아죽까리 아죽겠까리 아죽겠다냥

즐거워서 이런 뜻인가

흠 알고도 모르게시리 아주 까리까리하네

20211109

돗자리를 폈음

아브라카다브라 얍

야 보랏빛 수정아

오늘은

짱짱 좋은 날이겠느냐
조금 좋은 날이겠느냐
매우 안 좋은 날이겠느냐
정말 안 좋은 날이겠느냐

짱짱 좋은 날은 내가 짱짱 좋아하는 보라가 좋겠어
조금 좋은 날은 내가 조금 좋아하는 보라가 좋겠어
매우 안 좋은 날은 내가 매우 안 좋아하는 보라가 좋겠어
정말 안 좋은 날은 내가 정말 안 좋아하는 보라가 좋겠어

오~~~~~~~~♡

이 보랏빛이구나

한 수 읊조리며

고혹스러운 검은 하늘 참으로 아름다우니
빨간 태양 한 줄기 피가 되어 하늘을 가르면
그 요염함과 섹시함은 아마 천하일품이겠지

20211112

웃고

눈을 비비면서 웃고
밥을 먹으면서 웃고
얼굴 씻으면서 웃고
이를 닦으면서 웃고
옷을 입으면서 웃고
거울 비추면서 웃고
엔진 밟으면서 웃고
하늘 감상하며 웃고
새를 질투하며 웃고
님을 그리면서 웃고
얼쑤 얼쑤얼쑤 얼쑤
좋고 좋고좋고 좋은
웃고 웃고웃고 웃는
그런 그런그런 그런
날날 그런그런 날날
바로 오늘오늘 오늘
라브 라브~~~라브

20211116

참 좋은 하룽룽

둥실둥실 목화구름 내 마음이고
싱글싱글 산들바람 내 기분이고
샐쭉샐쭉 웃는풀잎 내 얼굴이고
톡톡톡톡 뛰는심장 내 사랑이고
두리두리 찾는것은 내 낭군이고
도리도리 보는것은 내 허상이고
동글동글 그린것은 내 꿈속이고
때굴때굴 굴린것은 내 키스라네

흠~~~~~♡♡♡♡♡♡♡

참~~~~~♡♡♡♡♡♡♡

좋은 하룽~~♡♡♡♡♡♡♡

룽입니당♥

여러분~~~~♥

오늘도 만사대통한
배려와 사랑이 넘치는 하루 되시기 바랍니다♥

20211117

그냥저냥

세상만사 내 것이 어디에 있더냐

올 때도 혼자고 갈 때도 혼자인 것이
외로운 인생 여행 아니겠더냐

꿈속의 인삼이 아무리 탐스러워도 먹지를 않았으니 조용한 새벽녘
그 허탈함 지금도 생생하구나

이 세상 모든 것이 다 내 것이 아니니 사랑을 쏟아도 내 것이 아니요
미움을 쏟아도 내 것이 아니니라

참으로 외롭고 외롭고 춥고 또 추운 것이 인생이구나

오늘은 이 마음 유난히도 외로움에 추우니 인조 털옷 한 장이라도 더
걸쳐 짐승 흉내라도 내야겠건만 털 있는 미물들은 이 춥고 외로운 인
생길 무슨 생각으로 살까 하는 생각 아닌 생각을 하게 되는구나

아무생각 없을 것이라고 생각하는 것은 인간의 매우 오만하고 심각
한 착각일 수도 있겠으니 그들이 우리보다 더 열심히 더 거칠게 더
강하게 살고 있을 지를 그 누가 그것을 알겠느냐

다 제 나름의 인생 살기 바쁘니 그 누가 그것을 알겠느냐

모든 것을 사랑하고 모든 것을 사랑으로 키우는 것이 궁극적인?인생
인 것인가?는 잘 모르겠으나 결국은 혼자 죽어 외로이 혼자서 황천길
가야하니 그 외로움이 얼마나 컸으면 원수라도 죽이고 같이 가자는?
말?이 있겠는가?

이 새벽녘 외로움과 회의감이 회오리 되어 나를 감싸 안으니 어느 노
랫말처럼 그렇구나

사랑도 부질없고
미움도 부질없고

그러하니

그냥 그냥 부대끼며

외롭지 않은 듯
슬프지 않은 듯
나약치 않은 듯
꿈이지 않은 듯
않은듯 않은 듯
살다가 살다 가
혼자 죽고 죽어
황천길 가는 것

이니

아무리 정성을 들여 사랑하고 미워하고 지랄도 해봤자 어차피 보잘
것없는 손가락 사이로 다 빠져 흘러버릴 내 것도 아닌 남 것도 아닌
그러한 것들이니 오늘 한번 죽기 전 내 주먹에 잠시나마 남아 있을
것들이 무엇인지 쓸모없이 바쁘신 인생이겠으나 잠깐의 시간을 내어
재고정리 한번 해보심이 어떠하신가

미안하네

아마도 너무나도 참담해 죽고 싶어 목 매달고 싶다고 해도 드릴 하얀
색 천이 없네

이것조차 알아서 사야 한다네

아마 실크가 좋겠지? 좀 비쌀 것 같기도 하네만

젠장

그놈의 돈은 죽을 때조차도 사람 비참하게 하노니
니가 갑이다

더럽고 치사한 놈이군

20211123

294

비가 온다

비가 온다 비가 온다
사랑?의 비가 온다

으으음

그냥 비가 온다
비가 온다 비가 온다
눈물의 비가 온다

으으음

그냥 비가 온다

비가 온다 비가 온다
기쁨의 비가 온다

얼씨구절씨구 지화자
웃음의 비가 온다

와따따따따 따따따따

얼쑤

비가 온다

산천초목 씻으며 비가 온다
불행한맘 씻으며 비가 온다
무기력함 씻으며 비가 온다
부조리함 씻으며 비가 온다

비가 온다 비가 온다
참 좋은 비가 온다

용감한맘 품으며 비가 온다
강인한맘 품으며 비가 온다
부드런맘 품으며 비가 온다
행복한맘 품으며 비가 온다

비가 온다 비가 온다
참 좋은 비가 온다

비가 오는구나~♥

사랑의 단비가 오는구나~

달콤 상콤 새콤한

사랑의

단비가

오는구우우우 낫

20211130

좋은 아침

잘 잤는가

차거운 아침공기를 깊게~~~~~ 들이마시며 그대가 가장 먼저 한 일
은 무엇인가

웃었는가
찡그렸는가

아니면

무기력했는가
박력넘쳤는가

아니면

이불 하이킥?
이불 다시 여미기?

홋홋

나는
눈을 뜨자마자 웃었다네

아니지
사실은 어제 어스름 달빛 이고 잘 때부터
계속 웃고 있었다네

몰라
그냥 좋아서 웃었다네
그냥 행복해서 웃었다네
그냥 그냥 그리 웃었다네
웃다 웃다 웃다 잠들어 눈뜨니 또 웃고 있었다네

시계가 아침을 알려 주지 않았다면
끝없이 이어진 어제의 기쁨의 순간인 줄 착각하고 있었을 수도
훗훗훗

어제는 어떠한 일이 있었는지 궁금하지를 않는가
설령 궁금하지 않을지라도 궁금하다고 해주게나
아님 글을 쓸 수가 없지를 않는가
근데 물어봐도 사실 나도 잘 모른다네 ㅋㅋ
별일 없었다네
정말 그냥 똑같은 주말의 똑같이 평범한 매우매우 보잘것없는 일상
이었다네
근데 좋았다네

딩굴딩굴 먹고쉬고
대굴대굴 먹고자고

탱자탱자 먹고놀고
어허데야 춤이로다

좋구나

욕심이 가벼워지니 행복이 찾아오고
마음이 풍요로우니 기쁨이 찾아오고
지식이 쌓이여가니 지혜가 찾아오고
사랑이 넘쳐흐르니 웃음이 찾아오네
얼씨구

그랬다네

이 순간 인생을 사는 데
가장 중요한 것이 무엇인가 물어 온다면

먹으면서 웃고
놀으면서 웃고
자으면서 웃고

당연히 당연히

일하면서 웃고
싸우면서 웃고
마주보며 웃고

웃고웃고웃고
웃고또또웃고
그렇게웃웃고

웃웃고그렇게
웃웃고웃웃고

그것이바로그

인생이었더라

20211205

자유

홀연히 하늘을 나는 나의 영혼을 보았으니
그 자유로움에 질투가 일렁이어 미쳐 가는구나

저 하늘 끝자락 검푸른 어둠 속
개 같은 악마가 서려있다 할지라도
내 날 수만 있다면 어이 그깟 것이 뭐가 두렵겠느냐

철석같이 매운 내 이 더러운 몸뚱아리
그 굳건함은 천 년 묵은 나무뿌리거늘

검푸르게 터져나오는 죄악의 울부짖음에도
지옥 땅 끊임없이 솟아나는 것은 구차한 썩은 변명 동반한
구정물 줄줄 악취의 씨앗뿐이구나

추신

이 아름답지 못한 시는 오늘도 성심껏 최선을 다해 사랑을 주었으나
개보다도 못한 대접을 받은 삶의 올가미에 목이 매어 있는 모든 구차
한 분들께 올리노라

20211207

기분

머리위에 검은 구름 묵직하고
마음속에 검은 안개 자욱하고
얼굴속에 억지 웃음 화려하고
행동속에 무력 포기 꿈틀하다

어둠속에 노래 소리 유유하고
안개속에 오색 빛이 간간하고
폭우속에 노란 우비 듬직하고
절망속에 빨간 체리 유혹하니

슬픔속에 기쁜 희망 피어오고
눈물속에 편안 정서 찾아오고
무변속에 변한 기분 싹터오고
희망속에 사랑 상사 꽃이피네

20211208

인생 · 잡초

부질없고 속절없고 야속한 것이 인생이더라
주름주고 나이주고 꽤씸한 것이 인생이더라
의지싹둑 꿈싹싹뚝 매정한 것이 인생이더라
흘러흘러 흘러지난 지나간 세월 야속하더라
얼굴주름 수많큼의 쭉정이 볏씨 야속하더라
인생이놈 주고갔단 그놈의 잉여 야속하더라
그초라한보잘것없음에새삼놀랍지도않더라

20211208

상상과 우주

웃음꽃이 피네

앞태 뒤태 없음에 현실 속 관능미이니라

비행장 활주로로 거침이 없으니
바람도 쉬이스쳐 거침이 없구나

상상 속의 나는 당연히

손가락 입에물고 섹시히? 거울보고
눈빛은 위로보며 관능을? 탐하는데

응? 할 말 없네

이라오

한숨을 길게 들이쉬고 내쉬니
머리는 시원 원~ 하고 상상은
허공속 웃음 소용돌이 돌도네

관~능~미~

다시 태어나겠습니다~
확률은 백프로 보장이 안 되겠지만~

흠 좋구나

장난기가 생기기 시작하는구나

돌부리야

저기 저 쪼금 큰 돌부리야
저기 저 콧대 높 보이느냐
저기 저 야속 한 님이거늘
저기 저 먼지 한 톨부탁슛

ㅋㅋ

좋구나

참 좋은 하루의 먼지같은 인생이니라
참 좋은 순간의 먼지같은 마음이니라
참 좋은 상상의 먼지같은 기쁨이니라
참 좋은 그대의 깃털같은 사랑이니라

좋구나

참 좋은 나만의 파랑팔랑 나비이니라

참 좋은 하루의 최고좋은 시작이니라

참 좋은 너만의 광활최고 우주이니라

좋구나

얼쑤

20211212

사람 人

이른 새벽이네

오늘은 춥다고 하니 옷은 더 입어야겠지

그나저나 또 뭔 생각에 쓴 건지는 잘 모르겠으나 본인 쓴 글 읽어보니 본인도 아리숭숭하구먼 ㅎㅎ

세상사 이리저래 복잡히 얽혔으니 어찌 한마디로 요약이 가능하겠는가만 불현듯 매우매우 오래전에 들었던 말이 생각이 난다오

사람 人은
두 사람이 서로 의지하고 받쳐주고 있는 형태이다

한 사람이 빠지면 다른 한 사람은 넘어진다는 뜻이 되겠으니 人를 자세히 보니 진짜 넘어지게 생겼구먼

그렇다면 사람은 혼자서는 살아갈 수 없다는 뜻이 되겠으니 난 늘 혼자 외톨이처럼 다 닫아걸고 받지 않고 주지 않고 살아왔다 자부했건만 그럼 난 사람이 아니었다 그리 되겠으니 그럼 난 뭐였는가?

한 줄이었나?

한 줄도 퉁기면 둥기당당 소리는 나겠으나 두 줄보다 소리가 풍요롭지 못하고 세 줄 네 줄하고는 그 단조로움이 확연히 차이가 나있겠으니 나 오케스트라 좋아한다 함에도 그 모든 것이 어우러진 앙상블의 조화를 이제서야 보게 되었으니 내 인생도 자세히 보면 앙상블이었다

준것만치 받는다고 하니 너무도 차겁고 계산적으로 보이나 베푼 것만치 돌아온다 이렇게 생각하니 그 따사로움이 햇살 되어 마음을 덥혀주니 정말 아 다르고 어가 다름이로다

人 이 아니었을 때는 베풀 줄 몰랐기에
사람이 아니무니다

였지만 조금은 베풂의 즐거움을 배워가고 있으니 확실히 人이 되어가고 있는 것 같네

짜증은 평온이 덮어주고
찬바람은 정이 덮어주고
사랑은 사랑이 덮어주니

이것이 세상 살아가는 참맛인가 보오

귓전에 들리는 웅장한 오케스트라의 울림에 마음이 황홀하니 그대들이 연주하는 세상 멋진 앙상블이라네♥

20211217

309

순간

순간의 노을이 노랑과 빨강을 동반하니 그 기상이 참으로 가상해 감탄이 저절로 나오는구나

차디찬 하얀 들 서리 낀 덩굴 위 초록치마 자락 휙 한번 휘날리니 찢어짐의 순간과 핏자국의 순간이 하나의 흔적 되어 처량히 남겨지네

격렬한 몸짓은 태풍속의 부평초요
손바닥만 한 얼굴에는 고통이 역력하니

천상의 요정인가 착각도 잠시요 인간세상 고충은 하늘도 어찌할 수가 없구나

人으로 태어나 神으로 살 수 없음은 맑은 호수 밑 조약돌 보듯 선명하건만 만들어진 人 주제에 참으로 그 몸부림 보고 있기가 딱하구나

서릿발 찬바람 한번불어 핏자국 지워주니 천년의 언땅에 남길 뻔한 얇은 흔적 지옥으로 흩어져 결정되어 반짝이네

20211218

지금 이 순간

지금 이 순간

오색이 비추며 그대를 그려주고
칠색이 비추며 그대를 보여주니
五색칠색 玲롱함에 잠시 순간 멈추었네

지금 이 순간

고요가 흐르며 그대를 싣고오고
미소를 띄우며 그대를 그리노니
靜무잡념 神선함에 잠시 천상 노닐었네

지금 이 순간

사랑이 춤추며 그대를 유혹하고
매화가 꽃피며 그대를 껴안으니
魂신일체 破하고서 잠시 지옥 같다옵세

지금 이 순간

애정이 불타며 그대를 감싸안고
정열이 녹으며 그대를 먹여주니

宮합슴합 明월이니 잠시 발길 멈추게나

20220110

딸기 하룽룽

행복한 하루는 딸기같이 이쁜 하룽룽
즐거운 하루는 딸기같이 예쁜 하룽룽
참좋은 하루는 함께하는 기쁜 룽룽룽
참좋은 하루는 원모타임 만남 룽룽룽

202201110

사랑아

멍하니 자정으로 가는 창가를 내다보니 물안개 서림은

유리창의 눈물이더냐
내눈가의 눈물이더냐

이래저래 흐르는 것은 물안개요 샘솟는 것은 애절한 사랑이니 아마
도 내일 죽어도 후회 없는 인생이 되어가는 것 같구나

좋구나

오늘도 기적이니 그대의 모든 것은 나의 삶의 기적이니 그 기적 속에
살아 숨 쉬는 것조차도 행복해 기적처럼 느껴지니 그만 입가에 옅은
미소가 어려지는구나

사람이 이리도 행복할 수 있다는 것을 알게 해준 고마운 사람 이번
생 딱 한 번뿐인 기적인 그대여

늘 그러하듯 고마움과 감사함을 전하려고 하나
오늘은 한정판? 오색눈물을 고이 섞어 보내 드리오~♡

사랑 한 스푼
상사 두 스푼

행복 세 스푼

미소 네 스푼

이쁨 오 스푼

글쎄 맛은 그대 나름이겠어유♡

20220111

느림의 만족

느림을 느끼며 푸른 하늘 둘러보니
둥실둥실 목화솜이 제자리서 너풀거리네

느림을 느끼며 황량 대지 훑어보니
덩실덩실 찬바람이 휘감으며 질척거리네

너 이놈 찬바람아 목화솜 날리지 않고
무엇하냐 무엇하냐

흐름 속 잠시의 멈춤이 좋지 아니한가고
하는구나 하는구나

에끼 이놈 달리는 세상사 그리그리
호락하냐 호락하냐

빨리 가도 늦게 가도 가는 곳은 똑같다고
하는구나 하는구나

에구머니 듣고보니 그것도 그러하니

아글타글 아득바득 인생사 뇌견보니

남보다 괜찮았냐 물어오니 물어오니
고개고개 갸웃갸웃 답이답이 없구나

느림의 푸른 만족 허한 가슴 파고드니
아픔의 짜린 상처 햇빛 따스 파릿하네

오늘도 여유 있는 찬란한 하루 되세용용♥

추신

숭례문을 보며 느림의 문화를 느끼고
한강을 보며 빠름의 문화를 느끼나
사실 어찌 보면 한강도 옛시적을 싣고 흐르는
느림의 문화인 것 같구나

빠름에도 느림을 느끼는 것은
여유로운 내 마음의 반영이겠고
느림에도 빠름을 느끼는 것은
조급한 내 마음의 투영이겠지

빠름도 느림도 다 좋겠지만은
내 마음의 만족감이 가장가장 좋겠구나

20220111

그리움을 논하다

그리움을 논하다

그녀는 생각한다

리본띠는 초록색으로 할까 부다

움트는 상사의 새싹을 노란색 상자에 담았으니 리본을 나풀나풀 나
비해 보내면 되거늘

논란거리가 있다면 노랑에 초록은 정열이 매우 부족하다는 선입견이
뭉게구름이니

하도 많은 다양한 생각을 하나로 통합해

다색의 오색나비에 내 애타는 마음
꽉 묶어 보내기로 했다더라

라는 이야기

20220112

초승달

초승달이 초승달이

휘영청 휘청청 청승스레 비추어주니

청승맞은 애절젖은
식지않는 콩알심장

또로록 뚜루륵 굴러 굴러 굴러 굴러

어이쿠나 아프구나 청승떨고 있구나

초승달아 초승달아

햇님 향한 너의 청승도 매우이도 꼴불견이니

내 쥐꼬리 심장 너무 청승맞다

코웃음을랑 치지 말거라

나쁜 심보 뾰족코 깨져깨져 둥그러짐이 어디

한 번 두 번 세 번 네 번 다섯 여섯 일곱 번이더냐

얼씨구 절씨구
지화자 좋구나

초승달이 초승달이
청승 청승 푸른 빛 뿜으니

언어터질 이놈의 잘난 입
오늘따라 한 건 거히 했으니

경사에 경사는 이런 것을 描하노라

오호호 오호라 호호라라 호호호

초승달 코끝이 오늘따라 오늘따라

유난히도 밝구나 밝구나

좋구나 좋구나
너가 너가 좋구나

20220112

참 좋은 하루입니다

참 좋습니다

월요병이 없어서가 아니라
그냥 참 좋은 하루라서 그냥 참 좋습니다

굳게 닫힌 문을 열면 매서운 추위가 기다릴 줄 알았는데 이게 뭐지
포근함 겸비한 따스함에 참 좋은 하루임을 다시 한번 실감합니다

기분이 참 좋으니 서리 낀 하늘도 몽실구름 연상케 하니 곁들어 들리
는 새소리에 다시 한번 참 좋은 하루임을 마음속 들리는 음율 따라
기쁨 겸해 느낍니다

참 좋은 하루입니다

낙엽이 한 몸 받쳐 축축함 덜어주고
녹다만 눈꽃은 상상의 나래를 더해주니

오늘도 참 좋은 하루입니다

박스 같은 주차장에 비집고 차를 세웠으니 운전기술 참 좋음에 어깨
으쓱 올라가고
박스 같은 회사안의 혼잡한 싸움터 용기 내어 들어갔으니 그 위대함

에 마음 한 구석 뭉게뭉게 자기 사랑의 꽃이 피어오르니 어이 오늘도 참 좋은 하루가 되지 않을 수가 있겠습니까

뭐든지 도가 지나치면 안 좋으니 시작은 차분히 하지만도 7일간의 또 한 번의 멋진 도약을 꿈꾸며 오늘도 장밋빛 인생을 그리는 참 좋은 하루되시길 진심으로 바랍니다

여러분 참 좋은 하루 되세요

20211220

고마움에 대해

고마움이 촉촉히 스며들면 눈가가 반짝인단다
뇌는 차분하고 평화로우며 입가에는 잔잔한 미소가 잔잔한 물결이
인단다 그러면서 생각하지

먼지같이 보잘것없는 인생이라 회색도 흰색도 검정도 아닌 그냥 그
냥 어스름~ 색상이지만도 순간이나마 스치고 지나가는 밝고 따스한
햇살 속에 먼지가 반짝 빛나 이뻐 보였으니 그저 그냥 고마울 따름이
구나~ 하고 우아한 척을 하다가 배가 고파 족발♡? 아니 뜯지 아니하
지만도
누군가에게 고맙다는 것은 누군가에게서 고마움을 받았다는 것도 되
겠으니 참으로 귀하디귀한 고마움에 그냥 그냥 고마울 따름이구나~

애써 누군가의 고마움이 되려고는 하지 않았으나 그냥 저냥 살아가
는 길에 그냥 저냥 마음 담아 그냥 저냥 사랑의 씨앗을 뿌렸는가 이
래저래 고마움이 탱글탱글 맺혀 맛있게 빛나니 이 또한 매우매우 고
마운 고마움이겠지~~~♡ 하고 잘나가나 했더니만 탁

추운 겨울길 휘적휘적 걷다 벌거숭이 나무가 크지 않은 작은 하지만
매우 작지는 않은 그냥 그냥 고만한 눈에 띄었으니 어머나 내 이 거
적때기라도 벗어줄까 고민도 필요 없이 못생기지 않았으나 아마 못
생겼을 수도 있겠으나 면상에 정신 번쩍 찬~바람 쓸고 가니 바람에
고마웠다더라는 이러한 이야기더라

20211227

인생은 한낮의 꿈

죽음이란 우주의 먼지로 돌아가는 매우 하찮은 부질없는 볼꼴 없는 것이라오

올 때도 한낱 가치 없는 보잘것없는 혼자의 몸으로 왔으니 고독히 처량히 혼자 가는 것이 뭐가 그리 어렵겠소

세월 따라 가까워지는 것이 죽음이거늘 어차피 가야 할 그러한 인생길이라오

해도 천수는 하늘이 내린 거라 했으니 죽은 영혼 부여잡고 살아가야 하는 이유가 되겠구려

내 인생길 둘러보니 황폐하고 삭막하고 횡뎅그렁하고 선택 없는 좁디좁은 외길 위에 저주의 시퍼런 등불만 어스름이 비추어주고 있으니 내 비록 그 조용함이 나쁘지는 않지만도

죽었음에 살고 살았음에 죽을 것이니 남은 인생길 나를 끈질기게 동반하는 것은 저주와 눈물뿐이겠으니 말라비트러진 눈물 수건 힘껏 짜 겨우 방울 하나 만드니 서늘한 겨울바람 훅 불어와 살아갈 의욕을 거두어간다오

한낱 가련한 여인의 숨결 끊기어 들리지 않는다 해도 슬퍼할 인간도

슬퍼할 짐승도 없을 것이니 인생이란 한낮의 한낱 보잘것없는 꿈일 뿐이라오~

20220106

조용함에 대해

복잡다다한 일상의 흐름도 멈춘 것 같고
부산다다한 차들의 경적도 무인 것 같고
짹짹다다한 새들의 노래도 자는 것 같고
횡횡다다한 바람의 기척도 쉬는 것 같고
먼지다다한 공기의 흐름도 꺾인 것 같고
피리다다한 곤충의 한숨도 숨은 것 같고
근심다다한 마음의 무게도 경한 것 같은

조용하고도 조용한 새벽의 조용 한 정적

좌절다다한 어제의 순간도 지는 것 같고
슬픔다다한 일상의 기쁨도 도는 것 같고
절망다다한 뇌속의 지움도 청인 것 같고
미움다다한 한심의 번뇌도 백인 것 같고
기쁨다다한 내몸의 심장도 홍인 것 같고
사랑다다한 내속의 그대도 자인 것 같고
상사다다한 눈물의 색깔도 색인 것 같은

조용하고도 조용한 새벽녘의 조용한 고요

20220110

늘 그대만 있다면

인생은 늘 요동치는 파도 속
늘 최선을 다해야 하는 파도 속

물고기가 아님에도 파도 속이니
그 힘듦은 나 자신도 감히 가늠하기 힘들겠지

그럼에도

천하를 다 준다고 해도 싫은 것이 있겠으니
그대가 없는 천하는 해서 무엇 하겠는가

서로가 의지함에 공기가 생기니

그대만 있다면 물속 세상 힘들다 한들
뭐가 그리 대수겠는가

애틋이 마음이 아프니 나의 사랑아

늘 곁에 있어 줌에 가슴 아련 콕콕이나
미운 행색한 것 없나 반성 또한 늘 거하구나

아픈 것도 비켜가고

슬픈 것도 비켜가고
나쁜 것도 비켜가고
좋은 것만 다가오고
기쁜 것만 다가오고
이쁜 것만 다가오고
그랬으면 좋겠구나

허나 그대만 곁에 있어준다면
비켜가지 않는다 한들 또 뭐가 그리 대수겠는가

마음 속에는 늘 행복의 꽃이 심어질 것이고
얼굴 위에는 늘 웃음의 꽃이 피워질 것이니

보이는 세상은 늘 오색찬란 빛깔일 것이오
그리는 세상은 늘 칠색의 무지개일 것이오

늘 그대만 있다면
늘 그러할 것이오

사랑아

추신

그대는 잘 계신가요?
그대는 행복하신가요?

그대의 그대는 잘 계신가요?

그대의 그대는 행복하신가요?

그대는 억만금 주고도

바꾸기 싫은 그대의 그대가 계신가요?

오늘도 고맙고 미안한 그대랍니다

20220114

흠~ 텅 비어 있는 오후시간♡

평온함 속 소리 없이 눈물이 찾아오니
그 의미는 행복인 것일까

비어있는 머릿속 손가락은 움직이니
그 움직임의 의미도 행복인 것일까

부산 속 들리는 정적의 기척 옅은 미소 부르니
그 부름의 의미 또한 행복 때문인 것일까

혼탁한 마음에 물결 한줄 찰랑해 보이는 것도
행복 때문인 것일까

볼꼴 없는 길거리 장식이
의미 있게 보이는 것도 행복 때문인 것일까

으스스한 바람에 날리는 검은 색 비닐이
새처럼 보이는 것도 행복 때문인 것일까

우중충한 겨울하늘
대박 파랗게 보이는 것은 눈병 때문이겠지?

엉성한 나뭇가지 날씬해 보이는 것은 당최 만날 수 없는 S라인에 돌아버린 이상증세 때문이겠지?

문제 생긴 두 눈에 비친 이 세상의 평온함은 이상증세 골수 깊어진
나의 마음 때문이겠지?
이쁘구나~♡ 뭔지 모르겠지만~♡

20220115

어떠하리오

天인들 어떠하리오
地인들 어떠하리오
豊인들 어떠하리오
乏인들 어떠하리오
暖인들 어떠하리오
涼인들 어떠하리오
実인들 어떠하리오
空인들 어떠하리오
実인들 어떠하리오
偽인들 어떠하리오
万사는 하늘定이니
跟함이 맞는理이요

추신

즐거운 하루수이요
행복한 오후時이요
달달한 설탕心이요
상사한 이쁜花이요
무정한 세월皺이요
새파란 순정萌이요

20220116

332

허무하구나

눈을 뜨니 마주하는 새벽녘의 차디찬 창문
허구한 날 변함없는 그 흘림의 미덕이더냐

그것마저 부럽고 질투를 부르는구나

새벽녘 깨어짐은 있으나 인생의 깨어짐은 없음에
다가오는 여명과 함께 맞이할 잠 덜 깬 안개 낀 똑같은 인생의 반복
이겠구나

변함없이 살고는 있으나 이유는 없고
변함없이 하고는 있으나 목적은 없음에

파도 따라 정처 없는 바다 위 나무쪼가리 같구나

허무하나 허무함도 인생이요
인생이니 허무하나 천수는 다하시오이요
천수를 바라니 그것 또한 허무함이요
도돌이 허무함은 여전히 도돌이 허무함을 부르는구나

고독의 그림자 짙게 짙게 드리우고
어둠의 그림자도 짙게 짙게 드리우니

마음이 어둡고 무게가 만근이지만도
짓누르는 짙은 그림자 새겨 보여 주는 인생의 묘미

인생의 답을 찾고 또 찾아도 생은 신들의 손바닥 위 재롱이라 하는구나

20220117

허무하여

허무하여 그대 품 그리웁고
허무하여 그대 품 파고드니
허무하여 한번 안아 주시고
허무하여 사랑 한번 주시오

20220117

순간도

순간도 떠오르는 웃는 얼굴이 있겠으니
달콤함이 치사량 초과하는
극한의 마약 미소이니 죄 one이라오

순간도 떠오르는 부드러움이 있겠으니
간질간질 손끝 저림
미친 잔물결 끊임없이 부르니 죄 two라오

순간도 떠오르는 달콤함이 있겠으니
사탕 설탕 싫다 싫어
앙탈 한번 못하게 옥죄니 죄 three라오

순간도 떠오르는
보고프게 만듦은 죄 four요

순간도 떠오르는
상사하게 만듦은 죄 five니

오늘의 순간도 그대의 죄목은 나열해도 끝이 보이지 않으나 끝마다
지독히도 따라 붙는 멋진 그대 향한 내 마음에 거를 수없는 지구의
중력이 울고 갔다오 사랑하오

20220118

눈이 옵니다

바람 따라 왕눈꽃이 펄펄펄 휘날리며
주책없이 감수성 팍팍팍 불러오니
그대하고 함께 하고픈 애절함을 그리는구나

바람 따라 흩날리는 눈꽃의 발걸음
보고 보니 지그재그 목적 없고 정처 없으니
님 향한 외길인생 내 마음은 아닌 것 같구나

님 향한 일편단심
눈꽃조차 그려낼 수 없겠으니
사랑이란 그리움이란 무엇인가 하노라

추신
생각이 많은 인간이라 눈꽃 보며 녹아 질척거림도 연상되어 떠오르
나 마냥 흩날리는 이 순간과 마냥 함께하고픈 이 감정만을 보려고 하
니 순간을 산다는 의미에서는 그것이 맞겠지요

오늘도

순간의 어여쁜 기분과
순간의 아련한 상사와
순간의 행복한 감정을

순간 순간 모아모으는

참 좋은 하루 되시길요

사랑합니다

20220119

고즈넉한 오후시간♡

빼꼼 열어 논 창문으로는
찬 기운이 살포시 비집고 들어오고
사랑의 노래는 차들의 잡음 속에도
황홀함을 머금고 굳건히 들어오는구나

하얀 안개에 완전히 가려진 파아란 하늘에는
동그란 해만 요래조래 숨바꼭질을 하니

숨었다 보였다 숨었다 보였다
수줍은 앵두얼굴 너만 너만 같구나

삐쪼롱 들리는 실체 없는 새소리들은
나를 그리는 너의 애틋한 목소리더냐

간간히 몰려드나 이 고독한 한 맘 흔들기에는
10급 지진이 통곡에 통곡을 더하고 가겠구나

사랑한다 사랑한다
너를 너를 사랑한다

사랑한다 사랑한다
내가 너를 사랑한다

지옥이 부르고 영혼이 찢어져도

사랑한다 사랑한다
너를 너를 사랑한다

20220119

오늘도 반하다

오늘도 반합니다

늘 그러하듯이

도무지 헤어나올 수가 없습니다

반하고 반해 마음이 투명한 호수가 되었습니다

하도 선명히 비추니 보지 않아도 그것은 기쁨의 마음이겠으니

다~ 그대가 너무 잘난 탓이라고 하겠습니다

20220120

무덤덤

참으로 무덤덤 색채 없는 새벽시간이구나

오리오리 감각은 쥐죽은 듯 고요하고
칠흑 아닌 희미한 어둠은
긴 머리 귀신이 그리워 주춤주춤 갈길을 헤매는구나

맺기 쉬운 인연에 끊기 쉬운 인연임을
독한 마음 그리 전해주니
천년의 얼음이라 자처했으나 그러하니
할 말은 빛없는 허공 속 돌돌이 먼지이구나

어두운 인생의 무덤 속 덤덤한 표정이니
두꺼운 돌흙층 뚫고 가늘게 들어오는 공기의 길은

어드메드냐 어드메드냐

그 시작을 대충 알고 싶은 시답잖은 시간이구나

깨어 있는 정신에 죽어 있는 시체는
오늘도 날 것 찾아 정처 한번 없을까나
인생의 무의미함에 무덤덤 입가에
썩소 한번 차게 거하게 스쳐 스쳐 지나가는구나

20220123

오~~~~~♡ 오후의 태양이시여

오~~~~~

오후의 태양이시여

왜 그리도 찬란히 따스히
이 죄 많은 인간을 비추어 감싸 안아 주시나이까

오~~~~~

오후의 태양이시여

순간을 치졸한 인간 연상한 이 못난 찌질이를 가차 없이 버리시옵고
차거운 설한을 보내 주시옵소서

오~~~~~

오후의 태양이시여

서슬푸른 분노의 칼끝 무뎌짐을 거절하니 이 지옥의 얼음덩어리 진
붉음이 좋나이다

오~~~~~

오후의 태양이시여

그 따스함 거두시옵고 저주의 풍악을
드높이 드높이 울려주시옵소서

20220123

맛을 느낄 수가 없구나

많이 아팠나 보다

맛을 느낄 수가 없구나

많이 힘들었나 보다

맛을 알 수가 없구나

다양한 맛을 느꼈었건만

희멀건 죽물의 맛도 나지를 않는구나

다양한 감정을 느꼈었건만

휑하니 먼지조차 날리지를 않는구나

너무 큰 충격과
너무 큰 압력에
그럼에도 버티다
결국 뇌 한쪽 신경이 멈추었나 보다

나도 몰랐던 변화에

나도 놀라고 있으니
신경의 멈춤이 일시적이길
허탈한 웃음으로 바랄 뿐이구나

허나 이 순간조차도
힘듦의 순간의 이어짐이겠고
변함이 없음에 변함이 없겠고

반복의 연속에 반복이겠으니

어찌 보면 뇌가 선택해 준 멈춤의 미덕

미래 좋은 시작의 알림일 수도 있겠구나

20220124

고독하게 산다는 건

고독하게 산다는 건

참 좋은 거라오

외로울 고에
홀로 독이라오

혼자 외로우나 어찌 보면 자유롭고
홀로 쓸쓸하나 어찌 보면 고즈넉하니

고독이라 쓰고 수련이라 읽음도 괜찮은 듯하오

속세의 얽긴 인연 얼기설기 콩밭이니
아낙네 눈물에 콩줄기만 불쌍하구려

저고리 끝자락으로 아련히 눈물 닦고
치마폭 질끈 동여 강인함을 나타내니

하늘하늘 꽃밭 속 미인이 뭐가 그리 대수겠소

여자 아닌 아낙네라 강인함만 남았으니

나그네 총애가 없다한들 대수 한번 별거 아니라오

고독히 쓸쓸히 자유로이 고즈넉히
날리는 치맛자락만이
아낙네 인생길 유일한 마음의 반쪽이라오

20220124

인생 소나타

욕심도 성냄도 다 버리고 살라고 인생은 말씀하시네

다 버리고 사느라면 번뇌도 고뇌도 없을 것처럼 말씀하시네

사람의 욕심은 끝도 없이 솟아나는 마르지 않는 샘물임에도 인생은 그리 살라 부드럽게 말씀하시네

모든 욕심 버렸다지만 강산도 변한다는 그 특별한 날만은 특별한 날의 특별한 선물을 희미하게나마 기대했다네

모든 욕심 버렸다지만 죽는 순간 사로잡아 그 작은 욕심 입 밖에 내고 홀가분히 저승길 가려고 하네

모든 기대 저어버리고 혼자서 청승 없이 슬픔 없이 해탈만 간직한 채 홀연히 인생길 위 한 점의 먼지 되어 사라지려 하네

반 해탈 지난 세월 남은 기억 속 아련한 추억은 10년 지기 셀프 선물 속옷들이었으니 이 새벽녘 철학적 감성을 부르기 딱 좋은 순간이라네

으리으리 대작에 번쩍번쩍 돌멩이는 필요없음에 귀하게 여겨지는 그 마음만은 받고 싶었으나 인생은 부질없는 욕심을 버리라 부질없는 성냄도 버리라 늘 매정하게 차겁게 그리 가르치시네

기대 없던 곳에서 기대 없던 선물을 주심 또한 인생의 묘미라며 달콤
한 미소를 지으며 인생은 그리 말씀하시네

20220125

2월 4일

여보 고맙고 감사하오
길다면 길고 짧다면 짧은 세월 비록 낭만도 없고 말수도 없으나 늘
묵묵히 변함없이 이 성격 더러운 여자를 품어주니 그저 진심으로 고
맙고 감사하다오

결혼기념일 선물 한번 받아본 기억이 없으나 올해는 조금 특별하니
기대를 조금하고는 있으나 변함없는 여보는 아마도 조금의 변함도
없이 내 곁을 지켜주겠지

그것이 가장 큰 선물임을 내 미련하나 어찌 그걸 모르겠소

인생의 마지막 순간까지 이리 낭만은 죽었다 깨어나도 없겠으나 그
럼에도 이번 생의 동반자가 그대여서 참으로 다행이라 생각하오

가족 같은 사랑이라 가슴 뜀은 왜 그리도 없는지요 그래도 니 손이
내 손이고 내 손이 니 손이니 일심동체 내 사랑 그대가 아니겠소

앞으로의 인생길도 묵묵히 그대로 내 눈에 그대여 그대 눈에 나이니
불같은 타오름은 불씨가 없으니 없겠으나 시냇물 졸졸졸 서로 손에
손 잡고 그리 가늘게 가늘게 살아 보세나

사랑하오 여보친구여

그래도 그 좀 밥 달라는 말은 그만했으면 좋겠소
내가 밥통도 아니고 이쁜이는 못 할망정 밥통도 싫다오
사랑하오 여봉

20220125

○○ 가 살자

님아 님아 야속한 님아 나하고 나하고
○○ 가 살자

나 버리고 나 버리고 가지 가지 마시고
나 데리고 나 데리고 ○○ 가 살자

나 없이 못 산다 해 놓고
그리 홀연히 떠나심은 어이한 일이더냐

못다 한 정 다 주신다 해 놓고
그리 매정히 떠나심은 또 어이한 일이더냐

짧은 인연 재가 되도록 그대만을 사랑했거늘

돌아보니 희뿌연 잿가루만 공허하구나

찬바람 횅하니 피눈물 스쳐스쳐

빨갛게 퀭한 눈 화려한 네온등 영혼 없이 비추니

님의 품에 살포시 안겨있는 그녀는

홍실 끝 내가 아니었음을 영혼 갈아 직감하노라

찬 기운 휑하니 죽은 시체 스쳐가니

처량하게 나붓기는 홍실 끝만 애처롭게
홀로홀로 허공돌아 떨어짐을 거부하는구나

모든 것이 거짓이었다

참담하구나

속절없구나

그럴 거면서 정은 왜 주는 척을 했다더냐

그럴 거면서 사랑은 왜 주는 척을 했다더냐

이제 남은 것은 구충천 휑하니 감도는

영원한 원망과 영원한 저주뿐이나

그것마저 거짓된 사랑에 속절없이 흘러가는구나

흘러가는구나

20220126

청춘

죽을 만큼 고민을 하나 미칠 만큼 결과가 없고

패기 내어 도전하나 줄 끝에 매단 돌멩이 돌아오고 또 돌아와 앞통수
뒤통수 사정없이 갈겨대니 정신이 혼미해 눈앞의 앞길이 수만 갈래
로 보이니 인생의 장난에 화가 나 뚜껑 열리다 쉭하니 힘없이 수증기
한번 뽑고 시들어 집구석 뀌온 보리자루가 되어가네

그러함에도 세월은 유수여 어느덧 늙어 머리가 파뿌리니 돌아보니
내 자식 똑같은 뚜껑 여닫는 파김치 인생이라 청춘의 미숙함에 시행
착오 수두룩하나 다시 다시 시작함을 대견하게 지켜보네

쓰러질 수 없는 오뚜기 청춘의 탄력의 힘을 사랑으로 감싸 안으니 어
느덧 새로운 청춘의 머리에도 흰서리가 내리며 그의 품안에서 새로
운 청춘이 또다시 뚜껑 여닫으며 씩씩거리네

추신

무지할지도 모르지요
무식할지도 모르지요
무대포일지도 모르지요

그러나

무한한 가능성이 있지요
무한한 열정이 있지요
무한한 꿈이 있지요
무한한 용기가 있지요

그러니

무한한 사랑으로
무한한 애정으로

그러나

단호한 질책으로

이러한 청춘들을 사랑으로 질책하나 사랑으로 품어주시어 청춘들이
시들지 않고 화려히 꽃이 필 수 있도록 옛 청춘들인 우리는 보듬어
주어야 하겠지요

20220127

와우 좋구나

창문이 눈물 범벅이라 꼴시리구나

창문 활짝 열어제끼니

하얀 태양이 눈부시고 반짝반짝하니

어허허 어허허 눈이 부셔 찌그리니 주름이 생긴 것 같아

늙어서 원래부터 있었는가?

괜히 심보 고약해 태양 탓이나 한 걸까?

주름 이놈

20220127

착_____/착\

동쪽으로 착착

서쪽으로 착착

남쪽으로 착착

북쪽으로 착착

울랄라 울랄라 착착착착

울랄라 울랄라 착착착착

울랄라 울랄라 착착착착

좌측으로 착착

우측으로 착착

상측으로 착착

하측으로 착착

울랄라 울랄라 착? 으으흠 착_____/착\

착착_____/착 \

착착착 훗훗훗 착착_____/착\

좋아요 손뼉은

좋아요 리듬은

좋아요 음표는

좋아요 인생은

좋아요 좋음은

20220128

358

짜증 소나타

뭉게뭉게 솟아나는 짜증과
웅게웅게 피어나는 불만에
미춰해버리고
돌아해버리고
지랄해버리고
그러해버리고
오야호호 터져오는 울분과
우야후후 곪아오는 사랑에
환호해버리고
야호해버리고
버려해버리고
그러해버리고
어라그게 돌고도는 정신과
아라차차 번쩍오는 울림에
다시해버리고
도돌해버리고
회회해버리고
그러해버리고
서서히히 돌아오는 미련과
동동호호 뛰는도는 심장에
억울해버리고
피폐해버리고

한심해버리고

그러해버리고

다시다시 사랑하는 사랑과

또또이런 못난하는 사랑에

하하해버리고

체념해버리고

사랑해버리고

그러해버리네

20220128

유전자 결핍 소나타

나의 부모는 나에게 짜증을 물려주셨고
너의 부모는 너에게 나약을 물려주셨고
나의 부모는 나에게 독함을 물려주셨고
너의 부모는 너에게 지독을 물려주셨네
나의 부모는 나에게 폭언을 물려주셨고
너의 부모는 너에게 폭행를 물려주셨고
나의 부모는 나에게 악담을 물려주셨고
너의 부모는 너에게 저주를 물려주셨네

부모인 나는 자식에

짜증을 물려주었고
나약을 물려주었고
독함을 물려주었고
지독을 물려주었고

부모 아닌 너는 세상에

폭언을 물려주었고
폭행을 물려주었고
악담을 물려주었고
저주를 물려주었네

비로소

완벽했던 신이 만든 세계는
저질 결핍 유전자로 인해
불완벽한 세계가 되었으므로
완벽과 불완벽의 완벽하나 불완벽한
조화의 완성과 불완성이
완성 아닌 완성되었더라

20220128

그리움이 뭉게뭉게

그리움이 뭉게뭉게 뭉게구름 되어 피어나니
목화솜 위 포근한 한 송이 꽃으로
돌아가고 싶구나

독함 먹고 끊어내는 정내미 붉은 실은
끊어도 끊어도 더 이어져 붉게 빛나나니
내 사랑 지독함에 애달픔만 더해지는구나

손끝 위 화려히도 피어나는 상사의 꽃은
눈물의 피로 물들여져 심장 모습 되어 가고

초점 잃은 눈동자 속 한 줄기의 핏줄은
희미하던 님의 모습 조각되어 보여 주는구나

독하디독하던 굳건한 결심은 어드메드냐 그
형체조차 그리움에 둥둥 떠 님 찾아 삼만리이니

사랑사랑 내 사랑 보고지고 내 사랑
정처 한번 없구나 정처 한번 없구나

오늘도 심취되어 연주되는 사랑의 소나타
상상 속 그대 향기에 나의 사랑 품게 하나

흘러도 흘러도 갈 곳이 없음에
이 한 몸 이 한 마음 속절없이 무너져
파편 조각만 한 곳에서 산란하더라

사랑이 무엇이더냐 정이란 무엇이더냐

미침에 미치고 보고픔에 미치니
미치지 말아야지 미치지 말아야지
님을 찾아가야지 내 님 찾아가야지

사랑하기에 흐르는 것은 고독함이요
사랑하기에 흐르는 것은 처량함이니

새벽녘 구중천에 피폐한 영혼 띄워
님 찾아 보내노라 내 님 찾아 보내노라

20220129

보내지는구나

보내지는구나
보내지는구나
그대가 보내지는구나

눈물이 나는구나
눈물이 나는구나
그대가 보내지는구나

매듭이 풀리는구나

그대가 보내지는구나
가슴이 찢겨지는구나

그대가 보내지는구나
찬바람 잦아드는구나

그대가 보내지는구나
홀연히 떠나는구나

그대가 보내지는구나
지나가는 바람에

그대가 보내지는구나

오고가는 인연에
그대가 보내지는구나

푸른 하늘 구름에
그대가 보내지는구나

푸른 초원 풀빛에
그대가 보내지는구나

인연의 끝자락에 손 한번 흔들고
처량한 붉은 실 끝 풀어 풀어 흩날리며

서글픈 미소로 고마움 한번 표하니
홀연히 가버리는구나 사랑하던 마음이여

참으로 덧없이 덧없이
그대가 보내지는구나

20220129

보고프나

보고프나 보고 싶지 않으나

그리우나 죽어도 그리고 싶지 않으나

눈도 울고 마음도 울고 돌아버리겠구나

사랑은 달콤한 즉사하는 독약이요

죽을 만치 힘드나 돌아 버리게 좋으니

이 무슨!!!

암튼

미치게 보고 싶다 그 말이지요

밥 많이 드시고 살 좀 찌시면 혹시라도 보고 싶지 않을지도

저녁 맛있게 많이 많이 드세유

지랄맞게 사랑해유

살려주세요

20220130

행복만 하세요

잘난 사람도 더 잘나지고
못난 사람도 더 못? 아니야 더 잘나지고

잘사는 사람도 더 잘살아지고
잘 못사는 사람도 더 잘살아지고
행복한 사람도 더 행복해지고

당연히

행복하지 못한 사람도 더 더 행복해지고
잘 웃는 사람은 더 잘 웃어지고
잘 웃지 못하는 사람은 그런대로 잘 웃어지고

물론 못생겨지게 깔깔깔 웃으서도 되지만도

그렇게 그렇게 그렇게 요렇게 요렇게 요렇게

좋지 않은 것은 묵은 세월 따라 가차 없이 보내시고
좋은 것만 쏙쏙 오는 세월 따라 다 받아 두시고

그렇게 그러니 그렇게 올해도

행복만 하시고 건강만 하시고 또 행복만 하시길 바랍니다

여러분 오늘도 참 좋은 하룽룽입니당당

사랑합니당당

20220201

처량한 날이란다

살아온 짧은 인생사 돌이켜보니
못나게 살아온 세월의 흔적뿐이구나

슬프지도 아니하고 그냥그냥 무덤덤히
흐르듯 스쳐가는 순간의 기억에

입가에 피어나는 조용한 웃음은
자신에 대한 연민인 것인가

하늘만이 내 맘 알까
마음 색같이 푸르지를 아니하니

이런 내가 애달픈가
찬서리 주다 가시는구나

따스히 비추어 주시는 햇살에
마른 눈물 반짝이니

인생사 그런 거지 별거 있나 털어 버리네

특별한 하루의 특별치 않은 순간

이 순간 또한 덧없이 가고
변함없는 특별한 하루의 특별치 않은 순간을

살다 살다 가겠지 그렇게 살다 가겠지
인생이란다

20220204

꽃도 피고 지고 또 피는데

산천의 못난 꽃들도
피고지고 또 피는데
나라는 꽃은 피지도 못하고 지기만 기다리는구나

세월의 모진 설움
눈물 없이 삼켜 왔건만
세상천지 고독히 고독함만 드리웠구나

순간에 터져오는 설움 설움
애달픈 내 진심이더냐
거울비친 눈물모습 낯설기만 하구나

어찌 눈물한번 소리 내어 뿌리지를 못하느냐

물어 물어 무엇하느냐
받아줄 그림자도 없는데 뿌려무엇하리오

고독함은 쓸쓸함을 차겹게도 동반하니
차거운 겨울바람
더욱 차게만 느껴지는구려

여자를 꽃이라 그리했더냐

이제는 꽃도 아닌 으스러진 잡초이니

여도 아닌 남도 아닌
강도 아닌 약도 아닌
인생길 딱 반절 그 선 위에 서 있구나

둥글지도 못한 마음 묘히 딱 반쪽에
금이 금이 갔으니

그나마 그 신묘함에 울다 비뚤어진 입가에
보기 구차한 썩소만 처량히 걸리는구나

20220204

묘하구나

참으로 묘하고도 묘한 세상이구나

터진 눈물 의미도 모호하니

나를 위한 것인가
너를 위한 것인가
참으로 묘하고도 묘한 인생이구나

흐르는 눈물 흐르나 의미 또한 무이니

무엇을 위한 것인가
그 무엇를 위한 것인가
참으로 묘하고도 묘한 감정이구나

팽이 팽팽 돌아도 의미 없긴 마찬가지이나

아니 위한 것인가
아니 아니를 위한 것인가
모든 것이 참으로 묘하고도 묘하건만

안고 보니 이쁜 사랑 심플 그 자체였으니

팽이팽팽 돌돌돌 사랑 따라 돌돌돌

묘하나 하나 묘하지 않은 그러한
묘하디 묘묘한 한 가닥 붉은실은

이음따라 관성이요
이음따라 끌림이요
이음따라 사랑이요
이음따라 그대여라

20220205

자면서

부드러운 그대 품
폭 안겨 잠드니

느낌의 좋음에
더 파고듦은 부끄러움이어라

건실한 두 팔로
꼭 안아주시니

전신의 전율에
더 바라는 것은 미친 짓이어라

뜨거운 뽀뽀로
꼭 삼켜주시니

미침의 절정에
더 미치는 것은 구제불능이어라

난 지금 자고 있음에
손가락 까딱 발꼬락 까딱함은

이상증세였어라

몹시도 심각하였어라

병원행이었어라

난 지금 자고 있었어라~

20220205

자기냥냥~♡ 악♡

하얀 뱀 한 마리 스르륵 남정네 위 기어가니
하얀 침대 죽은 듯이 조용히도 하구나

붙을 듯 말 듯 한 살갗의 차이는
남정네 화난 몸 위 잠자리 하얀 속옷이나

그것조차 거추장스러워 독한 눈길 한번 주며
확 제겨 찢어 버렸네

요염한 혀가 춤을 추네

얼굴은 사르르 부비부비 하나가 되었으니
남정네의 거친 손길 어딜 갈까 상상에 맡기네

만도

상의만 보고 하의를 보지 않는다면
그보다 더한 실례가 어디에 있을까나

꿀 뚝뚝뚝 지긋이도 바라보니
검은색 비단바지 벗겨짐을 빌고 비는구나

378

흐음~~~

가느다란 하얀 손 검은색 위 한곳이니

톡톡 토톡톡
몰래히도 섞임의 신음소리

탁 터져 귀전을 달구이니

치솟는 정열이로다

참 좋구나~~~

악 좋구나

참음의 경지가 급속속속 끝을 보이니

터져오는 숨소리
리듬맞춘 춤사위
거창히도 완벽하게
경쾌하여 고조되넷

악 미친친
악 친친미

자기냥

나 발가락 끝 그대 한번 쓸고 가니
미쳐 죽을 것만 같아

다리사이 살결이 부딪힘을 유혹하니

반응하는 이 한 몸 너 없인 죽을 것이야

20220209

380

사랑은 더 큰 사랑으로

사랑은 더 큰 사랑으로 돌아온답니다
존중은 더 큰 존중으로 돌아온답니다
기쁨은 더 큰 기쁨으로 돌아온답니다
멋짐은 더 큰 멋짐으로 돌아온답니다

증오는 더 큰 증오로 돌아온답니다
미움은 더 큰 미움으로 돌아온답니다
혐오는 더 큰 혐오로 돌아온답니다
못남은 더 큰 못남으로 돌아온답니다

이쁜 행동과 이쁜 말들과 이쁜 마음은
더 큰 멋짐과 더 큰 존중과 더 큰 사랑
으로 돌아옴에 의심할 여지가 없습니다

멋지게 행동하는 그대
멋지게 말씀하는 그대
멋지게 다독이는 그대

이 세상의 상처가 아물고
이 세상의 분노가 시들고
이 세상의 증오가 무되는
멋진 순간을 사랑의 신이

그대와 함께할 것입니다

그대는 멋찜 뿜뿜 멋짐♡
이랍니다

20220212

지금 이 순간

나 지금 웃고 있답니다
마음속으로

진정 의지 아닌 무의지대로

나 지금 추고 있답니다
행복만으로

진정 장난 아닌 끌림 그대로

나 지금 울고 있답니다
슬픔 속으로

진정 죽음 아닌 죽음 그대로

나 지금 보고 있답니다
싶다 뿐으로

진정 미친 아닌 미침뿐으로

오랜만에 느껴보는 정적의 고요함 속
눈 떠도 눈 감아도 상사의 울은 깊음 그 자체입니다

세상이 태풍이라 분주스럽겠지만도
그대하고 함께라면 늘 이쁜 찻잔 속 태풍 눈 속입니다

이 순간 또 거칠게 밀려오는 보고픔

변함없이 고맙고 감사하고 미안함을 동행하지만도

사랑하고 사랑하고 사랑 할 따름에

하늘에 감사하고 대지에 감사합니다

20220212

딸기의 기분

그대를 알고
사랑을 알았고
천상의 기쁨도 알았지만도
지옥의 슬픔도 깊이 있게 알았노라

자신도 부정하고 싶은
상처의 깊이가 깊고도 깊어
끝을 알 수 없음에
당혹스럽기 이를 데 없구나

변함없는 사랑 속
부질하나 없는 상처이건만

뼈 속까지 새겨져 흐려지지 않음은
처량한 운명에 대한 막연한 비애에서
비롯된 것이 아닌가도 싶구나

안개 낀 하늘 안개 낀 마음 더욱 막연하게 하여주기를
한 숨과 함께 짙은 사랑 심장 짜여 뱉어내니

핏방울 동글동글 공기 중에서 춤을 추며
내 사랑 피와 살 되어 그대 이름 보여주니

요동 한번 강렬하구나

사랑 때문에 정신이 혼미하니 미치겠구낫

20220213

어제의 이어지는 상상

서프라이즈

코끝에 사탕 한 알
정히 올려 고이 보여드리니
그것을 드심에 절대 주춤하시지 마시옵고
그것을 빠심에 절대 자비 반푼 베풀지 마시옵소서

또한

우유로만 정갈히 한 7일간의 목욕재개
내 자신 우유케익 그대만을 위함이니

그것을 드심에 단호함은 필수이고
그것을 핥으심에 수줍음은 절대 필요치 않나이다~

가 내 상상 속 서프라이즈였으나

현실은 참혹했더라유~

코끝이 밋밋해 사탕 반쪽도 올라가지를 아니하고
의지의 뿐드로 붙이는 것조차도 가능성 없음에
먼저는 얼굴 엎어 코끝 높여야 함을 비장히 아뢰오니 황공하기만 합

니다유

우유케익 만듦에는 그럭저럭 순조로웠으나 사이즈의 작음이 티스푼 반푼에 반푼이라
다시 조각 맞추어도 반줌도 안 되오니 이러한 현실에 낙담하여 무너짐에 도미노이니 이 또한 황공하기 짝이 없나이다웃

그래도 괜찮으시다면
서프라이즈는 지속이 될 것이오니

사탕은 조금 밑 빨간 앵두 빗댄 부분에 물기로 하였음에 그것을 드시고 빠심에는 질적으로 큰 차이는 없을 것으로 아뢰옵고
케익은 딸기를 듬뿍 올려 기교로 그 보잘것없는 반반스푼 빛내어 귀엽게 장식을 하려고 하오니 비록 반에 반 스푼이라고는 하나 만족감은 천하일품?일 가능성도 꽤나 높지 아니하겠습니까이니 이 또한 양적으로 큰 차이는 없을 것이오니 섹시한 입술에 쏙 굴러들어 세치 혀끝 살살 녹여 줄 것이오 만족감은 최고조가 될 것이오 가 될지도 모르는 일이오니 아마도 괜찮은 서프라이즈가 될 것으로 소심히 예측을 해 보았사옵니다… ♡쮸♡호~

20220214

그대양~

그 정열의 어제가 지나가고
이 타오르는 오늘이 왔으니
블랙홀의 파워는 변함없이 강력하여
허우적도 사치라 죽는 시늉만 답이더라

초코송이 일곱 개 조신하게 세워놓고
악 하나 악 두 개 악 세 개 악 네 개… 악
먹지는 않고 만지기만 했으니
내 속마음 무엇일까 궁금하기만 하구나~낫

이쁘게 이쁘게 이쁘게 이쁘게~♡
이뻐엇 미치겠군

다시 다시 허겁지겁 정신줄 잡고서
보고지고 보고지고 또 보고지고~ 또 보고지고~~

하~~~ 호~~~

거친 숨결 안경에 김서림만 심각하구나~~낫

심전도 지그재그 지옥행 급행열차 도착이어라~~~~~

20220215

구름이여

사랑이라 맹신할 땐
너를 보며 사랑 싣고

미움이라 확신할 땐
너를 보며 슬픔 싣고

허무이라 허무할 땐
너를 보며 허탈 싣고

보냄이라 인지할 땐
너를 보며 해탈 싣고

다시 한번 너를 봄에
유유히도 떠나가니

지난 세월 아둔함을
무음으로 비웃는구나

너에게 실린 것이 무엇일까 궁금하여
힐끗 한번 보았으나 티끌 한 알 없었음에

태풍의 위력에 고마움만 다분하더라

지나간 것은 지나간 대로 되돌릴 수가 없죠

새로운 것은 새로운 대로 막을 수가 없죠

20220216

잠시라도

잠시라도 잡는 시늉이라도 했더라면
그대와 나의 운명은 달라졌었을까요

잠시라도 처절히 애원을 했더라면
그대와 나의 이번 생 만남은 없었을까요

잠시라도 스치듯 흘러버렸더라면
그대와 나의 운명은 변해 있었을까요

잠시라도 사랑을 멈추었더라면
그대와 나의 운명은 어긋나 있었을까요

잠시라도 그리움을 거두어냈더라면
그대와 나의 운명은 존재조차 하지 않았을까요

잠시 동안 생각을 해보았으나
답은 여전히 하나뿐이니

사랑한답니다

20220218

비타민

어제의 창문 너머로 비치는 검푸른 하늘 한 귀퉁이에 붉음을 동반한 오렌지 컬러가 한없이 이뻤으니 순간 뇌를 스치는 그 얼굴은 늘 그러하듯 그대였답니다

아침의 처진 어깨 추스르다 일상을 동반하다 그대의 천상의 목소리에 채워지는 내 가련한 영혼의 마른 잔이었답니다

하늘은 흐렸으나 내 영혼은 투명히도 맑았으니 이 또한 그대가 끊임없이 부어주는 생명의 물 때문이 아니겠습니까

오늘도 행복함은 그대와 한 하늘 이고 있어서이고 오늘도 기쁨은 그대와 한 공기를 마시고 있어서이니 몸은 떨어져도 영혼은 늘 함께함에 오늘도 그저 진심으로 고맙고 감사할 따름입니다

20220226

사람이 좀 되고 생각해보니

이 나이가 되어
아주 조금은 나 자신을 돌아볼 줄을 알게 된 지금

다시금 돌아보니 참으로 한마디로 요약하기 힘들더라

살면서 보니 외로운 외톨이가 된 건 다 소위 나 자신이 일그러져 있
다고 판단한 주변의 잘못만은 아니었더라

불만함으로 꽉 채운 내 마음과
오만함으로 꽉 막힌 내 두귀와
경박함으로 꽉 고인 내 두눈과
남탓함으로 꽉 쪼인 내 미련과
불안함으로 꽉 담은 내 나약함

등 등 등

에서 온 것도 결코 적지 않았더라

돌아보니 나보다 훌륭한 사람 수두룩했고
돌아보니 나보다 인간된 사람 수두룩했으니

이제라도

두귀를 씻고 진심으로 말을 듣고
두눈을 씻고 정의로 세상을 보고
입안을 씻고 아름다움으로 뱉으려하니

하늘이시여

결점투성인 부족투성인 한낱 인간인 내가

온전한 사람이 되어

겸손을 겸비하고
혜안을 겸비하고
맑음을 겸비하고
용기를 겸비하고
사랑을 겸비하고
……
그렇게 할 수 있기를 두 손 모아 비나이다

20220227

헛웃음이로다

헛헛 헛웃음이로다

저놈의 하늘이 쓰잘 데 없이 높아 비웃었고
이놈의 대지가 쓰잘 데 없이 낮아 비웃었으나

이 웃프고도 웃픈 내 인생

하늘에 놀아나고 대지에 놀아났으니

탁 탁탁 탁

어허야 데헤야 된장에다 고추장이로다

끓어넘치는 냄비엔 비계 덩어리 하나 없으니

잡초는 있냐고 물어를랑 보지 말거라

일그러진 못난이 둥글둥글 무 쪼각

나 자신 비춰주며 지글거려 꼴시리더라

밥맛이로군

못생기기로 천하일품이어라

어이에 코이에 없다 없어 없구나
얼쑤 ㅋㅋㅋ

20220227

헤헤

바보같이 실실

그냥 좋구나

그냥 실실 웃고

그냥 발가락 꼼질 거리고

그냥 좋구나

좋구나

참으로 신기하다오

어찌 이렇게까지 실실 쪼개며까지 좋은지 말이오

내 의지는 강력한 거부의 의사를 보이나

내 마음은 그냥 녹아 설탕이니 난 드디어

정신이 이상해진 나를 인정하지 않을 수밖에 없었다오

미친 듯이 사랑하다 드디어 바보가 되었다오

난 그대의 바보라오

난 기꺼이 그대만의 바보가 되기를 강력히 자처한다오
사랑합니다 심장 구멍 있음

헤헤

더 크게 해주서도 됨유 헤헤

마냥 좋습니다 그대가

추신

혼자의 망상에 갇혀 쓴 글임을 강력히 어필합니다 헤헤

20220228

문뜩 드는 생각이~

문뜩 드는 생각

하늘이 내려준 인연
하늘이 내려준 사랑

올 때도 선택권 없이
갈 때도 선택권 없이

홀연히 왔다 홀연히 갈까
슬프고 쓸쓸하여 참담하려 하는구나

인연의 끝이 홀연히 풀리고
사랑의 끈이 스르르 풀리는

어느 그 어느 날

그대는 나 잊고 나는 그대를 잊을 것인가

그럴 것인가

난 못 하노니

하늘을 상대로 고소를 할 것이오
대지를 상대로 항소를 할 것이오

난 그대를 보낼 수 없소

매우 적어도 삼생은 안 되오

내 기억 지워지면 새 기억 만들 것이고
내 심장 죽어지면 새 심장 만들어 다시

그대 향해 뛸 것이오

그대도 그랬으면 좋겠소

아니 꼭 그렇게 하시오

난 그대를 놓을 수 없다오

절대

20220304

사랑을 주고받는다는 것은~♡

그렇고 그러한 하루가 또 가고

그렇고 그러한 저녁이 또 왔구나

조용한 밤을 빌어 사색 아닌 사색을 하니

멋모르게 눈물이 샘솟아 오르는구나

밑도 끝도 없는 상사의 눈물이라

보고픔이 눈물 되어 흘렀으나

눈물의 그 끝에는 행복의 마음이었으니

사랑을 주고 사랑을 받는다는 것은

참으로 사랑스러운 일이었더라

아글타글 아등바등 살아봤자

허무하고 공허하면

짧은 인생 한 번 왔다 가는

의미가 도대체 어드메드냐

폭탄 속 꽃피는 사랑의 꽃들에
허허벌판 찬 서리 나만 동반한다 하더라도

내 마음 차오름은 행복의 샘이니

해골의 뼈로 세운 구중궁궐 서늘함이

나는 진심으로 부럽지를 아니하더라

난 나를 사랑해주는 사람들이 있으니까

넌 너를 증오하는 사람들만 있으니까

사랑합니다 나의 사랑하는 사람들이여

넘치는 따스한 사랑을 주서서 너무너무 감사합니다

20220306

이러면 어떠하리 저러면 어떠하리

고즈넉한 시골에서 봄이 오면 씨뿌리고
여름이면 꽃이 피고 가을에는 수확하고 겨울에는 따스한 가마목 위
수다의 웃음꽃을 피운다네 좋지요

찌그러진 초가집 밖 태풍이 몰아치니 그 기운에 마음이 스산하게 춤
을 추고
검푸른 하늘 위 번쩍이는 번개 빛에 심장이 잿더미 될라 오그라지며
찌그러짐 거절하노니
천둥소리 클래식에 귀신 홀려 혼을 받치노라

평온한 졸졸졸 시냇물 소리 정다우나
폭풍우 속 거침이 없는 어둠 속 처절함이 더 좋겠으니

재잘재잘 새소리도 정겨워 기분은 warm이나
지옥의 혼령들 고통 속 울부짖음에 난 미쳐
건장한 그대 품속 발톱 할큄이 필요하노라

하늘 위 꽉 채운 혼령들 나 보고 빙그레하니
기분 또한 천군마마 들떠 좋기만 하노니

천상과 지옥의 경계 속 혼탁함에 저주가
물씬물씬 물컹물컹 철컹철컹 피어올라

썩은 시체 낭자히 뜯어먹은 입가 위 피 비릿내
그대 찾아 푸른 눈동자 동그렇게 예뻐지네 좋지요

다 좋군요 그렇군요

20220310

오늘따라

오늘따라 그대가 몹시도 보고 싶다오

오늘따라 온화한 그대가 몹시도 그리웁다오

세상만사 헤쳐 보니 참으로 보잘것없는 것

오늘따라 내 자신도 참으로 초라해 보인다오

분주히 뿜어대는 속세의 혼탁함 속

한 줄기 빛이 보여 가고 싶어지는 그곳은 오직

평온하고 온화한 그대가 있을 어느 그곳뿐이었으니

잘난 척 살아 봤자 건져 보니 허무함뿐

못난 척 살아도 사랑하는 그대만 있다면

이번 생 고난의 짧은 여행조차도 티끌의 여한일랑 하나 남지 않겠지요

사랑이라 함은 참으로 신비로운 것

공허한 영혼을 채울 수 있는 유일한 샘물임에

그대를 만난 것은 하늘이 불쌍히 여기시여 내려주신 기적임에 의심
의 여지가 없겠으니
오늘도 못난 나의 사랑의 고백을 받아 주시길 바라오

푸르지는 않은 하늘이나

한 번 보고 그대 이름 부르고
두 번 보고 그대 이름 부르고
세 번 보고 그대 이름 부르니

마음에 물결 되어 나타나는 찡한 이름 세 글자

보고만 있어도 행복이 샘솟는다오

사랑하오 사랑하는 그대~~~여

20111120

지화자 좋구나

조용한 물속에서 흐르는 내 인생의 시계가 보이는구나

무언의 정적 속에서 흐르는 내 인생의 시계가 보이는구나

톡탁톡탁 소리는 물속에 잠겨
보이지 않는 물결을 일고 있겠으니

내 인생 고독함이 화려히 꽃이 되어 피어나는구나

좋구나

20220326

이 시간

이 시간

검은 색 먹구름이 햇빛을 등지고 희미한 빛을 보여주며
흘러흘러 지나가는 구나

흘러간 시간은

기쁨 아닌 슬픔뿐이었고
진실 아닌 거짓뿐이었으니

먹구름 위 실어 보내 미련을랑 하지 말거라

사랑도 아닌 것을 품고 있어 상처이니

이젠 그만해도 충분하지 아니하겠느냐

잿빛 구름 뒤 한 줄기의 빛이 내 인생의 등대 되어

거짓은 뒤로하고 진실 된 길을 가려 하노라

20220326

가리라

모든 것을 잘라내어 내 이 101%의 사랑을 지킬 것이니라

그대도 잘라내어 내 이 티클 하나 없는 순수한 사랑을 지킬 것이니라

세상이 더는 세상이 아니고 우주가 더는 우주가 아니더라도

개의치 않느니라

모든 것을 잘라내고 내 이 삼생의 사랑을 지킬 것이니라
그대도 잘라내어 내 이 사랑 지킬 것이니라
그대도 지우고 내 이 사랑을 지킬 것이니라

더럽혀진 사랑을 외로움 속 다시 닦고
지저분해진 순수함을 깨끗한 영혼으로 다시 닦으며
그대는 지저분한 더러운 사랑의 찌꺼기 속에 남겨두고

가리라 앞으로
내 이 사랑만 안고서
가리라 미래로
가리라 미지로

20220330

410

비가 오는구나

비가 오는구나
처마끝동 주룩주룩 비가 비가 오는구나

기다림의 님 눈물도 아니고
기다림의 내 눈물도 아니것만
처마끝동 뚝뚝 뚝뚝뚝 비가 비가 오는구나

비가 오는구나
엉성가지 주룩주룩 비가 비가 오는구나

초라한 님 마음도 아니고
갸냘픈 내 마음도 아니것만
엉성가지 뚝뚝 뚝뚝뚝 비가 비가 오는구나

비가 오는구나
열린 하늘 주룩주룩 비가 비가 오는구나

회색빛 님 마음도 아니고
회색빛 내 마음도 아니것만
열린 하늘 뚝뚝 뚝뚝뚝 비가 비가 오는구나

비가 오는구나

주룩주룩 뚝뚝 뚝뚝뚝

비가 오는구나
비가 비가 오는구나

20220330

허무함에 대하여

내 순간의 정열을 다 불태워 사랑을 했지만도
돌아보니 남은 것은 허무함뿐이었으니
순간의 짧은 시간이 깨끗이 쓸어간 사랑의 자리에도 휑하니 찬바람
도 불지를 않고 죽은 정적만 메아리치는데
이것이 허무한 것인가 변함없이 야속하게 돌아가는 머리는 생각을
하네만도
마음이 그것을 말해 주는 데도 그리 시간은 걸리지 않았으니
음율 타고 흐르는 죽음보다 더한 보고픔과 그리움에 허무함 속 사랑
이 눈물 되어 흐르고 흘렀지만도
그것도 마를 줄이야 눈물이 나려고 함은 사랑이 이리도 허무히 가는
구나 하는 허무함과 허망함에 쓸쓸함을 못 이기지는 못하는 것이 아
니고 결국은 허탈함으로 허무함을 이겼으니 눈물도 나오다 들어가
또다시 죽은 고요함만 메아리도 되지 못하고 메아리 속에 먹혀 소리
한번 없으니 허무함이란 이런 것임을 다시 한번 허탈함으로 새기니
허무함에 대하여라네

20220402

완벽함에 대하여

내가 오늘 문득 소위 완벽하다는 음악을 들으며 드는 생각이 있었으니 이 세상에 완벽이 어디에 있겠는가만 완벽해지려고 노력을 하다 보니 거의 완벽한 것처럼 보였을 뿐이었겠지만도 그것을 더 가까이 보면 이어진 틈새의 크기가 참으로 자상히도 보이니 모르고 보니 완벽함으로 보였을 수도 있겠으니 그럼 알고 보니 완벽하지 않느냐 그러면 그것 또한 거의 완벽에 가까운 것이니 어찌 허접한 것들과 비교가 되겠는가 그리 대답이 되겠으니 다시 말하면 논리적으로 완벽하지 않다고 하더라도 현실적으로는 이 세상에서 가장 완벽한 것에 가까운 것이 되겠더라고 하니 그것이 곧 완벽한 것이다 이 말이 되는 것이겠지만도

완벽의 평균 이하인 나로 말할 것 같으면 하도나 부족한 것이 많아 이루 다 헤아릴 수 없지만도 이상하게만치 완벽에 가까운 한 남자를 보고 부족한 것이 보인다 하였으니 그것을 채우되 완벽만으로 부족하여 완벽의 1%를 더 채우기를 완벽의 욕심을 다해 원했으니 그것이 이 완벽하지 못한 세상에서 거의 완벽에 가까운 인간에게 완벽 그 이상의 것을 원했으니 참으로 이상한 현실이 되었지만도 그러함에도 논리적인 완벽함은 포기할 수가 없는 것은 아마도 이 세상에 유일무일한 것을 보고 싶은 완벽에 대한 욕심일 수도 있겠으니 어찌 보면 불가능한 것을 가능한 것으로 만들려고 하는 불완벽한 나의 매우 완벽한 아니 그 이상의 논리를 펼치고 있는 것이지만도 이러란 완벽히도 부족한 뻔한 현실 속 거의 완벽한 그대는 정녕 그 부족한 불완벽을 깨고 완벽해지다 그것만으로도 부족허니 1%를 넘는 그러한 완벽

의 그 이상이 될 수가 있는가 허니 그건 불완벽한 나의 불완벽한 꿈
이겠으나 이룰 수 없기에 꿈이라고 쓰지 않겠는가만 이룰 때까지 존
재하는 것도 꿈이겠으니
꿈이라는 것은 참 좋은 것이겠지만도
저기 사막 위 신기루요 비온 뒤 칠색무지개로 보기는 좋기는 하나 잡
히지는 않는 것이겠으니 어찌 보면 보는 것으로 만족하는 것이 꿈이
아닌가 이리 생각하네만은
그렇지 않은 듯 그런 듯 그렇지 않다네 END ㅎㅎ

20220403

불완벽함에 대하여

불완벽함이 완벽해 지여 완벽 그 이상이 되기를 바랐겠으나 부족함에 부족함이 더해졌기에 불완벽함대로를 인정해야만 하는 불완벽한 나의 불완벽한 꿈이 깨진 것이겠지만도 이것은 참으로 괜찮은 것이겠으니 그것은 다시 말하면 완벽해질 가능성이 있는 불완벽한 것에 대해서나 가당키나 한 것이니 이러한 완벽에 가까운 불완벽은 사실 돌고 돌고 또 돌아봐도 별로 손가락 끝에 거치질 않으니 다시 말하면 불완벽하게 없다 이리 생각하면 되겠으나

불완벽은 고사하고 가장 기본적인 불완벽한 인간의 몰골조차도 갖추지 못한 불온전한 것들뿐이니 또 다시 한번 돌고 돌아보아도 절반의 불완벽도 안 되는 매우매우 불온전한 것들뿐이니 눈을 다시 씻고 보아도 그러하니 이것은 필히 신들의 장난이라 생각하지만도 이러한 진실 된 장난을 한다는 것은 그들 신들 조차도 불완벽하다는 뜻이 되겠으니 불완벽한 신들의 체스판 위 불온전한 인간들의 존재는 가히 쇠똥구리가 쇠똥을 굴리며 잘난 척을 하는 것과 비교한다고 하면 그것은 쇠똥구리에게 너무나도 미안한 것이 되겠으니 그렇다면 어디에 비교할까 잠시 생각을 다듬어 보아도 하도나 보잘것없으니 그냥 그냥 불온전한 못난 삶을 살다가는 이젠 가련치도 않은 그러한 것이 되겠으니 불온전한 인간들이 불온전한 정신으로 불완벽한 세상을 살아가니 불완벽한 신들의 체스판이지만도 불완벽함 속에서도 완벽함에 대한 꿈을 잃지 않고 거의 완벽해지려고 한다면 신들인들 뭐가 그리 대수겠냐만은

이것이

완벽에 대한 요구는 상당히 까다롭고 어렵겠으니 너무도 불완벽하여 너무도 불온전한 인간이 도달할 수 있는 경지는 아니겠더라

만은

그래도

아자아자

불온전은 이기고 봐야 불완벽이라도 보겠으니 불온전한 모든 것들을 싸그리 쓸어버리고 불완벽을 실현함에 게으르지 말아야 하겠으니 심신을 불온전으로부터 구하고 심신의 불완벽을 이루는 것이 급선무겠으니 불온전히도 미천한 우리는 신들의 체스판에서 불완벽한 자신들을 불완벽하게 나마 보여줄 수 있을 지에 대한

그렇고 또 그렇지 않은 그렇기만 한 것 같은 그럼에도 그렇지 않을지도 모른다는 것에 대한 것으로

이것이

불완벽에 대하여에 대한 불온전한 인간이 쓴 불완벽을 바라는 불온전한 것

이더라

한마디로 매우 완벽해 보이는 짐승들은 빼고 보면 이 세상은 매우 모지리들이 사는 매우 모지리 세상이라 이 말이더라

20220403

생각을 해보니♡

그대와의 인연을 생각을 해보니
상처만 받았다 징징 댔던 기억뿐이군요

그댈 만나 사람몰골 되었으나
언젠가 그것을 망각을 했더군요

인간의 심성을 아는 척을 했으나
사실은 자기 자신조차도 바로 보지를 못했군요

죽어도 보내지 못할 것 같았으나
이리 진심으로 웃으며 보내게 될 줄도 진심으로 몰랐군요

그대 덕분에 사랑도 하고 미움도 하고 보냄도 했으니
이번 생도 참으로 괜찮은 삶이 되었군요

세상이 맑아지고 마음이 가벼워지니
진심의 행복을 담아 그대를 보내드리는군요

고맙고 감사해요♡

20220404

357

이 순간부터 3년이 되는 3월 3일에도 그대와 나의 사랑 변함이 없다면 한 번만이라도 멀리서라도 서로 바라만 보아요
그 후부터 또 5년이 되는 5월 5일에도 그대와 나의 사랑 변함이 없다면 한 번만이라도 조금은 가까이에서 숨소리 느껴보아요
그 후부터 또 7년이 되는 7월 7일에도 그대와 나의 사랑 변함이 없다면 한 번만이라도 서로 안아 보아요 그리고 그 순간을 영원으로 만들어 보아요
약속해요
진실 된 사랑은 인고의 세월의 흐름도 어찌 할 수 없음을 보여 주어요
가다가 지쳐 포기하고 싶으셔도 누구도 그댈 원망하지는 않겠지요
허나
그대만은 다름을 보여 주어요
억만 년 세월이 그대의 진실 된 사랑 앞에서 무릎을 꿇는 모습 보여 주어요
약속해요
그리고
사랑해요

20220404

심히 심심

인생이 하도 무의미함에 의미를 찾기로 했으니
먼지 낀 뿌연 창틀을 제끼고 하늘을 보니 새 한 마리가 쌩 지나가더라
활이나 잘 쏘면 저놈 잡아 구워먹어도 괜찮겠군 쿠쿠쿠
아니지
여기 창틀과 저 놈의 새 사이의 거리가 상당하니 탁탁
신들린 경지로 떨어뜨린다 한들 세상 귀찮게 어딘가에 주우러 가야
하니
설령 아득바득 죽어서 퍼득거리는 아니 죽어있겠지 새를 찾아 떠난
다고 해도
에끼 찾고 찾고 또 찾아도 그 놈의 죽은 새는 보이지를 않으니 분명
히 떨어지면 여기가 맞을 것이라 되지도 않은 천재적이지 않은 살짝
바보는 어쩌다 피한 이 옥수수수염 같은 머리로 생각을 해보니
탁탁
빗나갔네
빗나갔어
이렇게 저녁은 통닭 없이 굶는다는 심심한 이야깅깅 통닭

20220405

420

나는 가인이어라

저 화사한 벚꽃이 봄바람에 무참히도 흩날리며
한마디 하노니
그대의 가인이 너무 이뻐
도저히 이길 수 없어 가노라고 하누나

저 푸르른 하늘 잿빛 되어 어두워지며
한마디 하노니
그대의 가인이 너무 이뻐
도저히 먹구름 뒤 숨지 않을 수 없다고 하누나

정인이여

그대의 사랑
그대의 심장
그대의 정열

나 이 가인은

흐드러진 벚꽃도 슬픔에 가게 하고
푸르르른 하늘도 잿빛이 되게 하는
우주최강 유일무일? 존재라 일컬었느니라

나 이런 천하의 가인이

그대를 연모한단다

욕은 자제 요망 중 ㅋㅋㅋ

뿌연 창틀 쓸고 들어오는 먼지 낀 청신한? 공기도 나 천하의 가인의
아름다움과 우아함을 막을 수가 없겠으니 코 막고 입 막고 나오는 재
채기도 너풀너풀 옷소매로 가리고 하오니 오이 오이 이것이 그 전설
의 가인인가 하노라 아춰 아춰 아춰

나는 가인이어라

20220407

고요하구나~

고요함이 짙게 드리운 새벽녘을 타고
눈을 뜨고 꿈자리를 해몽하노라

신들의 계시인가 그것보다
사랑의 미래인가 그것이 더 궁금하도다

꿈도 현실도 드리운 건 사랑의 비참한 주련이니
그 뒤에 가려진 진실 된 모습은 그 무엇이더냐

어둠 뒤 보이는 반짝이는 눈동자 살포시 미소를 동반하니
아마도 그 해몽은 그렇게도 나쁘지만은 않았으리니

오늘도 흐르는 건 사랑인가 눈물인가
가슴 속 깊게 숨겨진 무의식만 그걸 알겠지

고요한 어둠은 고요한 정서이니
짙게 드리운 평온함 그 속의 주름짐
하나 없이 거침없이 부드럽길 비단길이니
은은한 심장의 정서 그 자체이구나

좋구나~

20220408

순간의 끝이 만나

절벽 타고 부드럽게 쏟아지는 물줄기에 실린 애탐의 영혼
기다림의 입맞춤 속 넓은 품에 안기여 부드럽게 몸을 트니
이는 정열의 물결에 처절히도 빨려들어 무가 되어 물이 되어 으스러
지어 쓰러지네

차거움 속 타오름이 물속 깊이 스며드니
맑은 호수 넓기를 그냥 집어 삼키는구나

흘러내림의 그 끝은 그 어드메드냐

깊은 품속 하나 되는 그곳은
곧 그곳뿐이 아니드냐 느껴지느냐

미칠 듯 그러하듯 부드럽게 스며듦은
태초의 자연의 본연 모습 속 그곳뿐이니
음이 양을 만남은 이러하고 이러한 그곳의 만남뿐 그러하지 아니하
더냐

순간의 끝이 만나 영혼의 영원을 꿰하며 요염히 허리틀며 간사히 스
며드니 그곳은 곧 아득히 먼 그곳의 끝자락 끝 그곳이니 중독되어 빠
질 곳도 또다시 한 번의 끝자락 끝 그곳뿐이구나 흠♡

20220408

행복에 대해

매우 짧게 딱 한마디 한다면
사랑하는 사람이 있는 것이더라

그것이 행복이지만도
나 없이도 행복하길 바라지만도
나 없이도 행복한 것은 또 싫더라

인간의 마음이 간사함은 이루 말할 수 없겠으니
순간의 오락가락 정신이 혼미하더라

너무도 사랑함에 너무도 미워하니
천당과 지옥과 얼음과 불 사이더라

차단은 싹뚝 해야 하나 끌림의 통제가 심각하니
중력을 벗어날 유일한 길은
튕겨나가 거무스레 우주 밖 쓰레기 조각 되는
그 삭막한 길 외에는 더는 없더라

이놈의 사랑은 해도 불행 속 지옥이고 하지 않아도 불행 속 지옥이지
만도

그 지옥이 좋단다

미쳤지 미칠 듯이 네 발로 헤어나오는 중

허우적은 거리나 발목에 올가미 발찌가 참으로
튼실하더라

20220408

눈을 뜨고

아주 조금은 이른 아침입니다
눈을 뜨니 먼동이 푸름이 밝아오네요

흠 오늘은 기분이 괜찮네요

똑같은 하루의 시작임에 틀림이 없지만
오늘은 조금은 좋은 날인 것 같습니다

사랑이 샘솟거나 현실적 변화를 바라거나 그러한 욕심은 없으나 있
는 그대로가 좋은 것 같아

오늘은 참으로 좋은 날이 될 것 같습니다

글쎄요

똑같이 성냄도 따라오고 똑같이 실망도 따라오고 똑같이 절망도 따
라올 수도 있겠지만도 똑같이 사랑도 따라오고 똑같이 기쁨도 따라
오고 똑같이 행복도 따라오겠지요

하여
오늘도 참으로 좋은 날이 될 것입니다

그렇습니다

어제는 괜찮은 날이었고 오늘은 참 좋은 날이고 내일은 대박 참 좋은
날이 될 것이니
이러한 참 좋은 인생길에 그대가 함께라니 그 고맙고 감상함은 이 방
정맞은 입이 조용히 있다고 한들 어찌 이 넘치는 고마움과 이 넘치는
감사함을 막을 수가 있겠습니까

불가능한 일을 바라지 마십시오

고맙고 감사합니다
그리고 행복합니다

아니

행복할 것입니다
아자아자

20220409

봄인가 봐

벚꽃도 흐드러지고
개나리도 노랑노랑하구나
악 내 마음 같구나
사랑도 흐드러지고
보고픔도 노랑노랑하구나
악악이라 함은
사악함의 악도 있겠으나
잘 알지를 않느냐
내 한번 사악하게 널
그래 널
한번 확
그래 확
깨물어 확
삼켜버리고 싶다 뭐
그런 매우 순한 뜻이 올곧이 담겨 있단다
혹여
피했다면 그러지 말거라
나 생각보다 취약한 잡초란당

상처~

악

새소리 귀전에 그리운 님 온정을 노래해주니
지상낙원 어드메드냐 님아 님아 보고 싶구나
꽃들이 만개함에 내 사랑 빗대이어 읊조리니
천상천하 사랑이드냐 님아 님아 어이 오소서

20220411

달이 참 이쁩니다

달이 참 이쁩니다

그대처럼
고혹적이네요

푸르른 빛깔 위 은은한 빛입니다

보이십니까~♡

그대를 사랑하어 하늘도 굽어 굽어

그대대신 보내준 그대 닮은 달이라

생각하리오

님아

20220411

비가 오나 봐

새벽 타고 비가 오나 봐

쓸쓸하니 좋구나

이 시각 그대의 품속이라면 너무나도 완벽했을 텐데
세상사 완벽함은 사치이거늘

하여 오늘도 나는 외로이 비와 함께하나 봐

주룩주룩 빗줄기 지나가는 첼로의 음율이니

후둑후둑 떨어지는 쓸쓸함의 그 맛 한번 참 좋구나

그대의 향내가 나나 봐

그대의 맛인가 봐

그대가 그리운가 봐

하여

쓸쓸하니 외로운가 봐

20220413

미친 바람에 꽃잎 떨어진다 너무 슬퍼 말거라

미친 바람에 꽃잎 떨어진다 너무 슬퍼 말거라

바람 잘 날 싹이 트고 다시 흐드러질 것이니
그 강인함은 바위 속 뿌리내린 소나무와도 같은 것이니라

미친 폭풍에 꽃잎 떨어진다 너무 슬퍼 말거라

폭풍 잘 날 이슬 먹고 다시 황홀히 웃을 것이니
그 화사함은 먹구름 뒤 감출 수 없는
햇빛과도 같은 것이니라

미친 바람 미친 폭풍 시끼
미친 듯이 이 산천을 휩쓸고 이 세상을 쓸어 가며
기고만장이 하늘을 찌르지

만은

피할 수 없는 멈추어 죽는 서서히 가까워지고 있는
그날

대지가 그것에 영원한 어둠을 내리어 마다치 않을 것이니

꽃잎의 거름으로
꽃잎의 감로수로

밝음과 작별하고 어둠과 함께하여
영원하리라

20220414

감사합니다

늘 앞으로 아니고 뒤로 가기를 원하는 못난 저를
앞으로 가도록 이끌어 주셔서 감사합니다

늘 시작하고 도망가기를 원하는 못난 저를
앞으로 가도록 이끌어 주셔서 감사합니다

마음이 부드러움으로 부드럽게 스스르 차오르고
육체가 가벼움으로 깃털 되어 뜨고 있으니
영혼의 자유와 육체의 자유가 하나 되는 순간을 느낍니다

가벼운 것이란

거대한 우주의 가벼운 그러한 것이니
깃털도 무거우니 그 조차도 기체 되어 가벼워질 것이니
이것이 곧
무거운 유와 가벼운 무의 천상의 결합이더라

오늘도 무거움을 가볍게 하기를 게으르지 아니 하고
무가 유이고 유가 무임에 해탈을 느끼니
그 가벼움은 천상의 것이었느니라

또한

무겁게 있다고 실제 있는 것이 아니고
가볍게 없다고 실제 없는 것이 아니니
이것 또한
광활한 우주의 영원한 신비로움이더라

20220416

아침

참 좋은 아침입니다

찬 공기가 코를 찌르고

부엉우엉 실체모를 새소리도 들리고

부릉우룽 혼잡스런 차소리도 들리고

사람 사는 냄새 물씬 참 좋은 순간입니다

코만 내밀고 싶으나 뒤집어씀에 숨이 1초 막혔으니

짧은 목까지만 따스하고 머리는 시원하니

공기방울 퐁퐁 누군가를 퐁당 담아

머릿속 청량함에 기쁨과 행복과 낭만을 더해 줍니다

참 좋은 아침입니다

고민은 그러하듯 늘 있겠으니

음식솜씨 좋음에 따라오는 식욕이겠으니

오늘도 허리춤 가늘다 바지춤 붙들 일

그 가능성은 가뭄에 콩 나듯 희박해 보이니

아이쿠나

음식의 유혹 보고픈 님 만치 강력하군요

거절할 수 없는 이 처량한? 순간이

나날이 불어나는 살과 함께

뇌의 행복과 심장의 심부전 떨림을 동반하니

참 좋은 아침이군요

함께 아침 밥 먹읍시다

맛있게 냠~

20220418

437

명상 중

클래식 틀고 명상 중
허리는 펴고 마음은 비우니
천당이 어드메드냐
어디겠느냐 여기얏

잠시 좀 그렇고 그러한
이상한 생각도 했지만도
비웁시다 비웁시다
비웠다네 비웠겠징? 아마도

이런들 어떠하랴 저런들 어떠하랴
땡전 없어 라디오로 듣는 클래식도 나름 좋구나

인생별거 있나 이것이 인생이지
아참 건망중이 심해져 가지고
명상 흉내 그만 내고
빨래나 널어야징

ㅎㅎㅎ

추신

오늘 하루만이라도 끝이 보이지 않을 것 같은 속세의 번뇌는 잠시 묻어 두시고 많이 웃는 것으로 다시 못 올 이 하루를 행복으로 마무리 하십시오

아멘타불

20220419

사랑에 불신이 들면

아침에 잠에서 깨어 뇌가 서서히 돌아오나
동시에 인지하는 것이 있었겠으니
오늘은 기분이 내려앉는 느낌이더라
그것에는 내적인 원인도 외적인 원인도 있겠으나
생각을 더듬어 보니 사랑에 대한 불신이더라
어제 하루를 돌이켜보니 짜증이 생긴 이유는 이래저래 있겠지만도
현실적으로 나는
나를 사랑하는 사람들의 사랑에 짜증과 불만으로 회답을 하였으니
그것이 후회로 남아 지금 이 순간의 좋지 않은 감정이 있는 것이더라
그렇다면
나는 왜 나 자신은 이리도 오락가락 하면서도 나를 사랑하는 사람들
의 나에 대한 사랑이 영원할 것이라 착각하며 그들의 행복을 깎아먹
는 좋지 않은 언행을 했을까
오만의 극치이더라
이래저래
인간은
행복한 사람을 보면 같이 행복해지기도 하겠지만 질투의 마음도 함
께 생기겠고
불행한 사람을 보면 같이 불행해지기도 하겠지만 기쁨의 마음도 함
께 생기겠으니
참으로 간사하더라
굳건하지를 못하더라

어제하루를 나는 주변의 불행의 요소들에 대해 과부하가 걸렸고 동시에 스스로 행복해지는 것에 대해 잠시 게으름을 피웠고 그 순간 많은 불행하고 불안한 것들을 만났으니 곧 사랑의 믿음은 흔들리고 세상은 삭막해 보이고 불안함은 몰려왔던 게지

그리고 다시 곰곰이 생각을 해보니

인간들의 사랑에 대한 믿음은 늘 불안정하나 진실된 예수님 부처님의 사랑의 마음은 늘 굳건하여 변함이 없겠으니 못난 인간들이 그들에게서 사랑과 행복을 느끼는 것은 그러한 것 때문이겠지

이래저래

오늘 하루도 또 다시 행복의 요소를 찾아와 사랑의 믿음을 굳건히 해야 하나 그 좋은 감정을 지킨다는 것은 강인한 의지를 필요로 하는 끊임없는 노력을 필수로 하는 매우 어려운 것임을 다시 한번 실감하며

이 나약한 믿음과 이 보잘것없는 사랑의 불씨를 다시 한번 찾아오는 것의 가장 원초적인 방법이 사랑을 나누는 것이라면

오늘 하루도 누군가를 좋아하고 누군가를 사랑하는 것으로 다시 한번 사랑의 믿음을 세우려고 하니

나를 사랑해 주시는 모든 것이여

늘 나약하고 못난 제가 사랑할 수 있고 사랑을 줄 수 있도록 변함없이 그 자리에 있어 주심에 진심으로 감사하고

늘 불안하고 보잘것없는 제가 사랑의 길로 돌아올 수 있도록 시종일관 잡아주심에 진심으로 감사하고

늘 초라하고 불안정한 제가 행복을 버리지 않도록 한결같이 밝혀주심에 진심으로 감사합니다

그리고

사랑합니다♡

20220420

441

사랑합니다

보잘것없는 나지만
순수함만 담아 그대를 사랑합니다

세상이 혼탁하고
세상이 무정해도

순수함만 담아 그대를 사랑합니다

사랑의 잔잔함이 평범해 보여도
진실 된 심장은 변함없이 제자리이니

그대를 그리는 마음은
삼생 동안 여전하여
그리움 뭉게뭉게 저 하늘 구름인가

하늘의 흐림은
님 향한 아련한 내 마음 때문인가 합니다

오늘도 나는 이렇게
순수함만 담아 그대를 사랑합니다

20220422

슬프구나

불현듯 슬픔이 몰려와
심장이 서고 숨이 턱 막히는 구나
변함이 없음에 슬프고

변함을 바람에 슬프고
변함이 있어도 슬프니

변함없이 늘 묻어있던
변함없는 슬픔이 또다시
변함없이 몰려오는구나

이제는 다 놓고
자유롭고 싶었지

이제는 다 버리고
평화롭고 싶었지

이제는 다 끝내고
홀가분하고 싶었지

하~~~

다시 태어난다면
다시는 인간이길 거부하고 싶구나

정 때문에 사랑 때문에
힘든 인생살이
뭣 하러 또 한 번의
고뇌의 윤회를 바라겠더냐

하~~~

슬프도다

버릴 수 없는 멍에의 무거움이

참으로~

무겁구나~♡

20220422

늙어 감에 대해

오늘 하루도 늘 그러하듯 자연스럽게 저물어가는구나

저물지 않으려 미친 듯이 애쓰지 않으며 자연의 순리에 맡기여 그렇게 그렇게 또 흘러가는구나

오늘 하루도 가고 내일 하루도 가고 또 내일 하루도 가면 어느덧 이 못난 얼굴에도 더 깊은 세월의 흔적이 또 무정히도 자연스럽게 지나가겠지

비록 이 세상이 아직도 눈먼 눈에 보이는 것만을 숭상한다지만도

못났지만 나만이라도 세월의 흔적도 이쁘다 해 주는 그 누군가의 마음의 깊은 눈동자 속 아름다운 한 송이의 꽃으로 예쁘게 예쁘게 남고 싶구나

사랑하는 그대여♡

내 비록 세월의 흔적이 우아한 그대만을 우아히 비켜가길 마음 다해 바라지만도 그래도 신들도 비켜가지 못할 세월의 어떠한 세례가 깊게 깊게 닥친다고 해도 마음 찬란하고 미소 찬란한 그대는 영원히 내 눈동자 속 반짝이는 최고의 아름다움으로 남을 것이오

백세인생 남은 인생 주름진 얼굴로 서로 마주보며 미소 싱긋 미소 방긋 지을 수 있는 이번 생 참으로 사랑하는 그댈 만나 내 최고의 생을 보냈다 신들 만나러 가는 그날 마음 다해 이 감사함을 고히 고해 올리오리다

사랑하오♡

20220424

한숨

내 그대의 선을 넘는 순간 진정히 부처가 될 것이지만도
이 아니 슬픈 일이더냐

그대 줄 끝의 하늘의 연 되어 날고 있지만도 슬픔에 높이 날수록 내
려다보며 작아지는 무표정한 그러나 의지의 그대를 이를 옥문 그대
를 바라보노라니 휙 돌려 긴 머리 흩날리며 날아가 구름 속 어딘가
숨었지만은 그 가는 줄은 참으로 길고 길어 구름 위에 여유로이 구불
구불 앉아 있구나

가장 쓰잘데없는 짓인가 보다

구름 뒤에 숨어 한 숨을 쉬나 그 줄을 바라보는 내 눈은 따뜻하고 애
절하니 스스로도 한심하여 뿜겨져 나오는 울음을 얼굴 돌려 보이지
않으려 하오

그대의 그림자 모습 아득히 멀어지어 작은 손가락만 하니 더 이상 안
보이면 한 점의 점이 될까나 미련인가 보오

해탈의 날은 커졌다 작아지니 하소연하는 나는 무엇을 진정히 하고
싶은가

하~~~♡

사랑이 무엇인지
참으로 고달프구나♡

20220425

오늘도 좋구나\

오늘의 이른 새벽도 평상시와 별반 다름없는 매우 평범한 공기 한번
청신한 인생길 흐르는 한순간이지만도 다만

다만
다른 것이 있다고 하면 느낌이더라
느낌 한번 짱 짱 날아갈 듯 좋다 이 말이지

그것은 평범히 변함없는 듯 변함 있는 순간 속 매우매우 기분 좋은
것으로 글을 쓰는 이 순간조차도 기분은 저 우주를 정신없이 날아다
니는 팔랑팔랑 나비요 저 반짝이는 은하수를 헤엄쳐 가르는 활기찬
물고기이니 이 자유롭고 가볍고 날개 돋인 기분은 어떠한 것인가 허
니 한마디로

좋다 그 말이지

푸르른 맑은 호수 같은 그러나 분명히 별빛이 쏟아지는 흐르는 맑은
강 위에 모든 것은 아닌 육체적인 것만 맡기니 그것 또한 너무 그리
가볍지는 아니하나 너무 그리 무겁지 또한 아니하니 상상해 보시게
나 저 푸르른 하늘 위 솜송이 뭉게구름 그대가 아니겠는가

그렇다네

오늘도 하늘 좋고 대지 좋고 아마도 늘 그러하듯 사랑도 좋을 터 인생 살이 별거 있나 이렇게 가볍게 그러나 품위 있게 그러나 생각 없는 듯 그러나 생각 있게 그렇게 사랑을 품고 열정을 품고 정열 또한 품고 또 그러하듯 그렇게 멋지게 살아 내어가 아닌 살아가는 것이 그렇지

탁탁

인생이어라

멋지게 삽시다
폼나게 삽시다
신나게 삽시다
그렇게 삽시다
자유를 마시고
정의를 마시고
사랑을 마시고
정열을 마시고
그대를 마시고?
아니 음미하고!
아라 차차차찻

더 정신이 혼미해지어 패나 정상적이던 글이 정상적이지 아니하여
지기 전에 이렇게 욕심의 끝을 버리는 것이 아니고 잠시 놓고
사랑을 생각하여 입가에 미소를 지으며 그대를 생각하여 또 다시 한
번 사랑을 만들며 그렇게 그것에 힘을 입어 또 다시 한번 힘 있게 그

러나 가볍게 하루를 시작하려

허니

참으로 오늘도 오늘 이 순간도 고맙고 감사함은 이루 말할 수 없겠으니

이 주먹만 한 심장 속 차오르는 맑은 샘물 그 힘의 원천은 늘 그러하 듯 사랑하는 그대가 주는 사랑의 씨앗들일 것이니

그것이 오늘도 흐드러지게 필 것인가 하니 당연히 그러하겠으니

흠~~~ 꽃향기 향내 한번 그대의 향내와 더불어 이른 아침 심장의 빠 름과 손끝의 짜릿짜릿 전파를 느끼기 시작?허니?

아니 아니 아니지 진정 한번 다시 하고 이 네버엔딩 타이핑의 엄지손 가락 두 개 그만 강제로 손가락 끝 붙이도록 해야징

ㅎㅎㅎ

좋구나

사랑합니다♡

20220426

450

♡

참으로 이쁘구나

내 못나기로 스스로도 부끄럽거늘
그럼에도 그대의 눈동자 속에서만은
저리도 소담하나 이쁜 꽃이고 싶으니
여자의 여린 마음이라 식상한 말은 하고 싶지 않다만은
이 또한 그대 앞에서는 강렬한 눈부심의 양보다 희미하나 부드러운
음이 되고 싶은 그러한 마음이란다
이쁜 것을 보고 눈물이 남은 아직은 순수하다는 것도 뜻하겠으니 이
러한 순수함도 참으로 귀하고 좋구나
공기 속 먼 만남을 기약하니 기쁨이 막 솟아오르니 오늘도 입가의 웃
음은 그대 때문인가 하노라
행복하시오

20220426

451

자연에 대해

오늘 아침은 좀 늦은 시간에 눈을 떴구나

뭐 잘 잤다는 뜻이겠지

따스한 기운이 등줄기로부터 올라오며 그 포근함에 다시 한번 이불 깃을 여미니 이미 푸름히도 밝아 온 하늘의 어느 공간에서 이른 새벽 부터 분주했을 짹짹짹 새들의 대화 소리와 매연의 거친 숨소리가 혼 탁한 듯 분명한 듯 그렇게 시원한 공기 시원히 가르며 귓전에 들려오 는구나

세상의 모든 만물 다 참으로 열심히 사는구나

누워서 공상과 망상과 상상만 하지만도 그것 또한 뇌의 열일?이니 그 것도 일이다 넣어주소 넣어주소 나도 끼워주소

오늘 하루도 부지런함으로 인생의 밭을 갈고 정직과 열정과 끈질김 의 씨를 뿌려 봄 파종 열심히 하려고 하니 머지않은 앞날 그 기분 좋 은 어느 날 내 이 손바닥만 한 인생의 밭에서의 수확도 헤헤 참으로 괜찮겠지

그냥 좋구나

마음이 잔물결 하나 없이 고요하고 그 위로 이는 시원한 바람조차 운 치 있게 조용히 지나가니 바람의 배려가 눈물겹게 고마워 나 또한 그 리 배려하여 우아히 보내고 우아히 맞이하기를 백 번 천 번 귀찮지 않은 귀찮음을 전혀 마다치 아니하니라

그냥 좋구나

세상이 이렇게 아름다운 것은 이 부지런함 속의 평화로움이겠으니

열심히 살되 싸움은 금물이고 진취심은 있되 악의는 거절이고 욕심

은 있되 약탈은 거부해야 하느니라

지금 이 순간조차도 한곳은 평화로우나 한곳은 평화롭지 못하고 한곳은 넘쳐 나나 한곳은 부족함에 생명이 위태로우니 이러한 것들은 분명히 잘못된 것으로

이 세상의 모든 생명은 다 이 광활한 우주에서 마음 편히 살아갈 권리가 있겠으니 더 이상 이 우주 속 진주 같은 아까운 지구에게 대해 너무 거침없이 하지 말아야 하겠고

그의 존재를 있는 그대로 아끼고 사랑하여 그의 상처가 아물고 그의 본연의 아름다움이 이러한 처참한 짓밟힘을 딛고 다시 한번의 활기와 생명으로 차고 넘쳐 노래하도록

만물의 영장이 아니지만도 그런 척을 하며 안하무인이었던 것에 대해 지구상의 먼지에조차 미안함을 표하고 현재의 이 참담한 결과에 대해 최대한의 노력으로 최소한의 좋은 결과를 가져오도록 해야 하는 그 마땅히 해야 하는 책임을 성실히 매우 성실히 이행해야 하겠지

이 평화스러움과 이 자연스러움은 하늘의 아빠와 대지의 엄마가 준 세상에서 가장 귀한 선물이겠으니 그것에 더 이상 악마의 산물인 모든 이롭지 못한 것들은 놓아두지를 말아야겠지

후회하는 약은 없다지를 않느냐

20220427

나는 오늘도 사랑을 기록하고♡

남녀가 틈새 없이 붙어 있으니 주변의 열기는 그놈의 숨소리에 달아 올라 정신이 없건만 요염한 여자의 요염한 손 한번 요염히 볼까/ 하 노라

한뼘 두뼘 세뼘 네뼘 다섯뼘 앗

딱이야 여기

어딜까나 흠

위로 갔을까나 아래로 갔을까나

오 깜빡

옷은 입었을까나 입지 았았을까나

글쎄까나

자기야~~♡

여자의 나른 목소리는 남자를 휘감으며 매끈한 다리 올려 밀착 붙이 니 사랑이렸다

사랑하오~~

호~~♡

입김 한번 박하냄새 귀전 확 물듯 스쳐지나가니

삼생의 사랑 천상의 사랑이 되는 아찔한 순간이더라

사랑하오~~

호~~

사랑아~♡

보고 보고 보아도 보고픔에 고프구나~♡

앙/\

20220430

새벽녘의 사색

새벽녘 조용한 순간은 참으로 사색하기 좋은 순간이렸다

꽃들이 피는 것은 무궁한 생명력의 보여줌이고
꽃들이 지는 것은 사색의 여유적인 보여줌이라

늘 샘솟는 것도 좋지만은
그것은 잔잔한 흐름 밑 사색의 씨앗을 밑거름으로 하거늘
비록 작은 크기의 인간의 뇌이지만도 우주의 신비와 신들의 세계를
이해하려 안깐힘?을 쓰는구나

흠 그 이해여부도 중요하겠지만도
그 이해를 하려고 하는 그 사색의 고뇌의 모습도 참 괜찮지를 않겠는가

늘 고민을 하여 사랑을 키우고
늘 번뇌를 하여 행복을 키우고
늘 사색을 하여 갈길을 찾으며
늘 함께들 하여 웃음꽃 피우리

하~~
한숨을 내쉬었으나
고민의 징표는 아니고
이 시각도 깨어나 우주의 품속에서

고민하고 사색하는 수많은 이들이 있을 것임을
느끼니 그 뇌의 전파가 우주를 감싸안음은 가히 멋지다고 말하고 싶
구나

하~~
또 한 번의 한숨을 내쉬었으나
이것 또한 번뇌하고는 거리가 먼
무의 사색을 의미하는 것이니
찬 공기의 맑음이 폐에 넘쳐 이산화가 되고 다시
숲 찾고 햇빛 만나 방울방울 맑음이 되겠으니
자연의 섭리는 늘 참으로 신비롭기만 하구나

오늘도
한송이의 꽃에도
한포기의 풀에도
한그루의 나무에도
한마리의 생명에도

그 강인함과
그 굳건함과
그 인자함과
그 포근함에

감사와 찬사를 보내며

하늘과 대지의 부모님께 효도하고
모래알 속 우주의 존재를 실감하며
그것을 정기의 중심인 손바닥 위에 놓고
사랑의 애틋한 눈빛으로 보리오 보리오

보리오~~

사색 없이 살아도 살아지는 것이 인생이거늘
그럼에도
사색에 여념 없어 지나고 보니 시간도
똑딱딱 거침없이 흘렀으니

하~~
하품에 우아히 우아치 못한 입 막으며 기지개를 켜려하다 그만 그대
로 폭신한 목화솜 위 가는 허리 갈대마냥 쓰러져 솜사탕 꿈나라라네

굿나잇~~♡
만나요 넹/♡

20220501

스트레스의 근원?

나는 내가 옳다고 생각하고 너는 네가 옳다고 생각하고
너는 내가 옳지 않다고 생각하고 나는 네가 옳지 않다고 생각하고
그로 인해
나는 네가 나를 중심으로 바뀌어야 한다고 생각하고 너는 내가 너를
중심으로 바뀌어야 한다고 생각하고
그러나
생각 한번 바꾸어보면
네가 옳을 수도 있고 내가 옳을 수도 있고
네가 옳지 않을 수도 있고 내가 옳지 않을 수도 있겠으니
그것은 당연히 서로의 보이지 않는 부분을 서로 알아가며 공감의 형
성을 크게 하여 가야 하겠지만도 그러한 과정은 그냥 그러한 과정일
뿐 공감대 형성의 과정에 대한 과도한 의문은 품지를 말고 그냥 그리
할 뿐이겠더라
왜라는 의문보다
그것이 곧 그 사람이라는 전제하에
이것이 곧 나라는 사람이라는 전제하에
서로 각자 해야 할 일을 할 뿐이더라
인간은 변하기 쉬운 듯하나 변하기 쉽지 않은 그러한 유기적인? 생명
체?인 것 같으니 서로에 대한 영향은 있겠으나 획기적인 영향은 없을
수도 있겠으니
예를 든다면
갈대가 아무리 바람에 흩날려 정신이 없어 보여도 갈대는 여전히 갈

대임에 변함이 없겠는 것처럼

과도한 변화는 추구하기 어렵다 이러한 것이 되겠으나

그러함에도 그러한 과도한 변화를 바라는 것 또한 매우 의문스러운 것으로 과도하게 어떻게 변하면 좋은가 하는 의문도 있자 없지를 아니하지 않겠는가

하여

오늘도 나는 나대로 너는 너대로 그리 살지만은 사회적인 동물로서의 공감대의 형성은 해야 하겠으니 그 과정에서의 자연스러움을 한층 더 추구하여 물과 기름이 서로 어울리지 못한다면 그것 또한 타고난 속성이라 그 자연스러움을 자연스럽게 받아들이노라면 언제인가는 물 위에 떠 있는 기름조차도 그 자연스러움이 매우 자연스럽게 보여 매우 자연스러워지겠지

아마도

추신

보았지 그 진실을

수박을 기름에 튀기고 있었다네

물과 기름은 하나가 될 수 없다는 고정관념이 깨지는 순간이었다네

20220502

라는 것에

혼자라는 것에 더해지는 슬픔은

부드러운 바람결에 첼로인가 연주하는 흔들리는 키 높이 갈대들 사이로 아득히도 뻗어 있는 희망찬 미래인가 이 넓은 듯 넓지 않은 대지가 열어준 광활한 듯 좁은 듯 좁지 않은 이 길 때문인가 하노라

자유라는 것에 더해지는 고뇌는

저 아득히 먼 먼동의 저 하늘 그 힘찬 도약의 몸에 닿음 전율로 내 다시 한번 이 광활한 대자연의 일부가 되어 힘껏 휘날리어 떠올라 공기 중의 미천한 듯 미천하지 않은 한 점의 먼지가 될 것이라는 흐르는 듯 막힌 듯 흐르는 메시지 때문인가 하노라

흠 좋구나

두 팔 벌려 끌어안는 이 빛의 찬란함이 주변을 에워싸며 떨어지지를 않으니 그 끈끈함이 참으로 좋고 좋고 또 좋으니

오늘도 참 좋은 하루이구나

20220502

460

일상

새벽녘에 깨어났지만 오늘은 기분이 참 많이 다르구나

똑같은 정적이고 똑같은 어둠이나 오늘은 인간 된 마음으로 오는 자
질구레한 매우 평범한 고민들로 마음이 개이지를 않는구나

두 눈이 흐릿하여 노안을 한탄하고
머리카락 휑하여 늙음을 한탄하고
주름이 밭고랑하여 인생을 한탄하는구나

떠오르는 회심의 미소는 한탄해도 의미없는 이러한 것들로 번뇌 아
닌 번뇌를 하는 나 자신이 참으로 우스웠기 때문이니라

인생은 늘 똑같은 일상의 도돌이표이고 그 속에 그나마 조금의 다름
이 있을 것이니 사람들은 나름 그 조금의 다름을 위하여 오늘도 참으
로 열심히 살겠구나

나는 늘 사랑에 대해 호소해왔지만도
오늘따라 인간과 생명의 존재 자체에 대해 많지는 않지만 적지도 않
은 생각을 하다 보니
사랑을 논하기 전에 이렇게 먹고 자고 일하고 또 먹고 자고 일하고
하는 이 인간의 일상의 의미는 어디에 있을까나

라는 생각이 문뜩 들었구나

이 세상 모든 존재가 그러하지만도 오늘따라 그 존재하는 이유가 모호하여 마음이 안갯속 개이지를 않는구나

그냥 존재하는 것인가

어쩔 수 없이 존재하기에 어쩔 수 없이 그 존재의 의미를 찾아 삼만 리인가

인간은 왜 존재한다고 생각하는가

돈 때문에 영혼을 파는 인간도
하루 삼시세끼 먹기 위한 것뿐이겠지만도

그리도 남을 밟고서라도 얻고 싶은 것이 과연 무엇일까

비싼 집 비싼 차 비싼 소고기?

ㅎㅎ

이리 보면 짐승들 하고 별반 다름없는
그냥 살아지는 존재이거늘
이래저래 생명이라는 것을 가졌으니
조금은 괜찮은 존재의 이유라도 찾아야 하지 않겠는가

하여

어차피 살아지는 인생사

사랑도 열심히 써 봤자 돌아갈 곳은 우주의 작은 먼지 인생이겠으나

그러함에도
오늘도 포기치 않고

사랑의 씨를 뿌리고
사랑의 꽃을 피우고
사랑의 님을 그리리

살아지는 인생 사랑하는 사람들과 함께하나니
행복이 샘솟고 용기가 샘솟고 지혜도 샘솟음에

오늘도

입가에 피는 것은 잔잔한 미소여라
눈가에 맺히는 것은 기쁨의 잔주름이어라

20220503

463

신이 그대의 육체만이라도 남겨주시오니

감사합니다

신이 그대의 정신을 거두어 가신다고 해도
만질 수 있는 그대의 숨결을 거두어 가지 않으셨음에 진심으로 감사
합니다

신이 그대를 태어날 때의 모습으로 보여 주신다고 해도
느낄 수 있는 그대의 손길을 그대로 두어주심에 진심으로 감사합니다

거칠 것 하나 없는 그대의 존재의 의미를 다 거두어 가신다면
그 슬픔의 나락을 어찌 견딜 수가 있겠나이까

살아 계시게 해주심에 그 감사의 마음은 이루 어찌 말로 다 하겠나이
까

신이시여

감사하나이다
진심으로 감사하나이다

그대여

왜 그렇게 가셨나요

이렇게라도 있어 주시지
이렇게라도 남아 주시지
이렇게라도 날 봐주시지

왜 그렇게 가셨나요

왜
왜
왜 그리 무정히도 가셨나요

왜 신들에게 항의 한마디 하지 않으셨나요
왜 정신만을 거두시고 육체만이라도 남겨 달라
그리 이 자식을 위해 애원 한번 하시지 않으셨나요

사랑하나이다

그대여

사랑하나이다

억만 년 후

우주의 한 점의 먼지 되는 날

다시 인연 되어 만날 수만 있다면
기억 속 희미하게나마도 존재하지 않는
그대의 숨결을 찾아 찾아
꼭 한번 찐하게 안아 보겠나이다

사랑하나이다♡

추신

정신은 혼미하나 자식 사랑만은 그대로인 늙으신 부모님들의 그 갸
륵한 마음이 전해지어 눈물이 흘러 끊기지를 않지만은 그것만으로
표현하기에 그 사랑의 크기는 너무도 거대하구나
나 자신을 잃어도 자식에 대한 사랑의 끝은 절대 놓을 수가 없다는
신도 어찌 할 수가 없는 사랑의 크기란다

이보다 더 큰 사랑은 아마 이 세상이 없을 것이니라

20220504

예수님과 부처님에게

새벽입니다~

변함없이 조용한 것은 아직 싹트지 않은 먼동과 아직 깨어나지 않은 만물뿐입니다

변한 것은 아니나 잠시의 요동침이 있었다면 인간에 대한 불신이겠습니다

어떠한 일이 있었느냐 물어보신다면 딱히 없겠으나 밀려오는 본능에 충실한 그러한 믿음의 흔들림이겠습니다

그러나

다시 생각을 해보니 인간은 강한 듯 약하겠으니 누군가의 불안함과 허무함의 파장이 여기까지 미치었고 그것을 떨쳐내려고 하니 더욱 휘감아 올리고 있을 뿐일 수도 있겠으니

그것은 믿음의 뿌리가 흔들리는 순간일 수도 있겠고 그냥 의미 없이 많아진 생각 때문일 수도 있겠지요

그 누가 알겠습니까

인간은 이렇게 나약을 경험하고 무서움에 떨고 어둠 속으로 스며드는 것이더군요

아직도 믿고 있습니다

인간의 잡초 같은 강인함과 굳건함과

그 사랑의 마음을 말입니다

그런데 말입니다

이 흔들림의 순간에 떠오르는 얼굴들이 있었으니 회심의 미소가 떠오릅니다

제가 괜찮다고 생각하는 이들보다 훨씬 더 순수할 수도 있겠다는 생각을 주시는 그 이유의 깊이가 참으로 아이러니하지만도 진심으로 고맙고 감사합니다

그러한 가르침을 받는 순간 세상이 다시 열리고 혼탁의 마음이 맑아지고 소위 불신도 씻은 듯이 가셔지니 그 고마움은 오늘도 미천한 인간의 언어로 어찌 표현이 다 가능하겠나이까

마음속의 미움과 증오와 탐욕을 모두 내려놓는 그 순간부터 그대가 곧 예수님이고 그대가 곧 부처님이 되는 순간이라고 세상에서 가장 귀한 가르침을 주셨습니다만

순간의 해탈은 참으로 좋은 것이군요

무거운 마음의 짐이 벗겨지고

가벼움의 정서가 우주로 향하니

인생의 바뀜은 이러한 순간을 말씀하시는군요

늘 이렇게 불안된 그 근원을 보여주시고

늘 이렇게 불신된 그 뿌리를 보여주시고

늘 이렇게 진실된 그 마음을 보여주시고

늘 이렇게 해탈된 그 경지를 보여주시니

앞으로도의 인생길도 예수님과 부처님의 그 가르침과 사랑의 마음을 안고 정해진 인생길 감각 따라 심장 따라 그리 가겠나이다

이 세상의 모든 사람들이 스스로가 예수님이고 스스로가 부처님임을 깨달은 그 기적의 순간은 그리 멀지 않을 것이오니

그로 인해

이 세상에 더는 자비롭지 않은 기아와 정의롭지 않은 전쟁이 없기를 아니

꼭 그렇게 될 것임을 확신하며

오늘도 사랑의 꽃들을 흐드러지게 피우리니
이 가뭄에 갈라진 마음의 땅 위에도 세상 아름다운 연꽃 한 송이가
크나크게 피어올라 산들바람 하늘하늘 하나이다
고맙고 감사하나이다
손바닥에서 보이는 우주의 광활한 기운입니다
아멘타불

20220505

왕왕 비타민에게

오늘도 흐르는 것은 사랑이고
오늘도 흐르는 것은 행복이니

다 고맙고 감사한 그

멋진? 인간?
멋진? 신?

때문이 아니겠습니까

왕/비타민\

호호호

사랑합니다

20220505

이쁘고

하늘을 보니 하늘도 이쁘고
나무를 보니 나무도 이쁘고
꽃들을 보니 꽃들도 이쁘고
사람을 보니 사람도 이쁘고
새들을 보니 새들도 이쁘고
개미를 보니 개미도 이쁘고
차들을 보니 차들도 이쁘고
거리를 보니 거리도 이쁘고
마음을 보니 마음도 이쁘고
행복을 보니 행복도 이쁘고
기쁨을 보니 기쁨도 이쁘고
감사를 보니 감사도 이쁘고
미소를 보니 미소도 이쁘고
자태를 보니 자태도 이쁘고
사랑을 보니 사랑도 이쁘고
기운을 보니 기운도 이쁘고
천상을 보니 천상도 이쁘고
천하를 보니 천하도 이쁘고
지상을 보니 지상도 이쁘고
지하를 보니 지하도 이쁘고
구름을 보니 구름도 이쁘고
공기를 보니 공기도 이쁘고

바람을 보니 바람도 이쁘고

먼지를 보니 먼지도 이쁘고

본인도 보니 본인도 이쁘고

타인을 보니 타인도 이쁘고

서로를 보니 서로가 이쁘고

신들을 보니 신들도 웃더라

♡♡♡♡♡♡♡♡♡♡

세상만사 사람의 마음에 달렸느니라

선한 마음 선한 세상 만들고

악한 마음 악한 세상 만들 것이니

인간의 마음속에 예수님과 부처님이 내리시어

굳건히 뿌리를 내리는 날

이 세상은 드디어

태초의 아름다운 모습으로 돌아갈 것이니라

아멘타불♡♡

20220505

472

무제

나는 지나가다 소복히 피어있는 꽃들도
별로 꺾지를 않는다네

이유는 그러하네

내 순간의 즐거움을 위해 꺾어 시들게 할 정도의 자격이 진정 나에게
있을까 하는 좋은 인간인 척을 하는 생각과 그로 인해 다 함께 만끽
해야 할 그 아름다움을 나 혼자만의 것으로 한다는 것 또한 매우 이
기적인 생각인 것이 아닌가 하는 전혀 사회적이지 아니면서도 사회
적인 척을 하는 이러저러한 생각 아닌 생각 때문이라네

간단히 생각해 보아도 인간도 자연의 일부이기에 자연을 가져오기보
다 자연 속에 들어가는 것이 훨씬 더 이치에 맞는 것이겠으니 이 대
자연 속의 꽃 한 송이 풀 한 포기 다 사실은 우리의 것이 인 것이 어디
메드냐 아니겠더냐

없지를 않느냐

이번 봄도 변함없이 자유로운 봄꽃이 자유로운 햇살 아래 흐드러지
게 피었고 자유로운 봄바람에 자유로운 블루스를 추면서 하늘하늘
허리는 꼬았는지는 모르겠으나 천상 천사의 날개마냥 휘날리어 찬란
히도 이뻤으니

다가온 자유로운 여름의 자유로운 꽃들도 똑같이 자유로이 봉우리 탁탁 신나게 자유를 만끽하여 보여줌에 여념이 없겠으니 참말로 이 쁨의 자유란 대단히 좋고 대단히 멋지고 대단히 대단한 것이더라

오늘도 지나가는 들꽃 한 송이 들풀 하나에도 사랑의 눈길을 주시며 그 여리함을 아끼시어 꺾지를 마시고 보기만 해주심으로

그로 인하여 생기는 자유로운 자비로움의 날개를 심장에 심어주심으 로서 그것이 맑은 이쁨의 씨앗이 되어 오늘도 마음이 잠자리 날개마 냥 파득파득 날고 그로 인해 정신이 우주로 힘차게 날갯짓을 할 것이 니 이것이 진정한 자유로움의 평화와 자유로움의 평온과 자유로움의 뽀뽀?이더라

ㅎㅎㅎ

20220506

물 사러 가면서 한 수 ㅋㅋㅋ

뜨거움이 극에 달아 정열의 땀방울 방울방울 떨어지니
아차차 뜨거운 그대의 체온?인가 하노라
더 이상의 달아오름은 극을 벗어나는 것이니
이것을 식힘에는 천년의 얼음만 한 것이 없겠노라

그래도\

식기 전에 한 번

그리고

식은 후에 한 번

오~♡

불과 얼음의 맛이 이런 것인가 하노니

기분 한번

좋구나/ \

20220506

참으로 좋은 날입니다♡

날씨도 따스하여
참으로 좋습니다
마음도 후끈하여
참으로 좋습니다

사랑의 불씨도 타타 타올라 좋습니다
호호
상사의 꽃씨도 창대대 비 같아 좋습니다
호/호~

그리하여 오늘도

참으로 참으로 좋은 날입니다♡

그대에 대한 미련함에 무겁기만 한 이 발자국도

참으로 좋습니다

그대에 대한 아련함에 처량하기도 한 이 눈시울도

참으로 좋습니다

허니

오늘도
참으로 참으로
좋은 날입니다♡
참으로
고맙고 또 고맙고
감사하고 또 감사한
날입니다♡

사랑합니다♡

추신

사랑의 시를 쓰며 그대를 그리고
사랑의 시를 쓰며 그대를 그리니
세상만사 돌고 돈들 중심축 그대는
변할 수가 없더라

오늘도

마음 다해 그대를 사랑하노니
나의 사랑과 나의 축복과 나의 진심과 나의 모든 것이
그대를 포근히 감싸 안고 돌고 돌기를 마음 다해
바라마지 않으니

그대가 주신 사랑의 찬란함으로 가득 찬 나를
다시 그대에게 돌려드린다오

사랑한다오 그대여

오늘도 행복하소서
오늘도 행복만 하소서

20220506

좋은 꿈을 꾸었단다

좋은 꿈을 꾸었단다
호접몽을 꾸며 나비되어 님을 찾아
천상의 즐거움을 즐겼으니
그것이 하도나 아름다워 깨고 보니 일장춘몽이었더라

오호라
나는 나는 어디 메드냐 현실 속의 평범함에 지상의 순간임을 다시 한
번 인지하노니
정신은 잠깐 어디에다 두었을까나 내가 아닌 나의 정열이었을까나 다
시금 생각을 해도 그 부끄러움의 기억에 홍조 한번 찐하게 띄워지니

오호라
그 운우의 정이 어땠었나 물어보질랑 마소서
좋았다오
나사 한번 빠졌고 고삐 한번 풀렸으니
다시금
생각 한번 정리하고 옷매 한번 다듬으니

어흠
체통한번 지키는 척을 해대 봤자 이미
물 건너간 광란의 지난 시간이었더라오

호접이 지난 현실 속의 새벽녘은 변함이 없이 조용하였고
그것에 더해짐은 약간의 아주 약간의 쓸쓸함과 처량함과
또 아주 조금의 매우 아주 조금의 애절함과 공허함이었으니

아몰랑 허망한 꿈이었나 그 끝자락 붙잡고서 가지 말랑 허무함을 애
태우니
새벽녘의 으스스 바람 한번 차게 불어와 혼탁하던 정신 한번 맑게 하
여 식혀 주니

오호라
바람에 흩날리는 마음속 먼지가 형체 한번 감추며 깨끗해지어 마지
않더니

애절한 사랑의 영혼이여

다시금
굳건한 빛을 내어 밝게 빛나 찬란하매
지나간 그것에 남은 것은
해맑은 심장의 순수란 기쁨뿐이더라

오호라
오늘도 사랑은 흐르나 그 맑음은 천길 밑바닥 보이는 것이니 파란색
물고기가 유유히 꼬리를 좌우로 흔드노니 그 살랑살랑 간지럽힘에
조용하던 물 위의 잔잔한 물결 그 뒤틀림 한번 찐/하구나

오늘도 좋구나
네가 있어서 좋구나

오늘도 좋구나
너를 사랑해서 좋구나

얼쑤 좋구나

20220507

보입니다

보입니다
여러분들의 마음속에 서서히 자리를 잡고 있는 예수님과 부처님이
보입니다

그것은 세상에서
가장 이쁘고
가장 찬란하고
가장 지혜롭고
가장 자애로운
것으로

심호흡 한번 깊게 맑은 공기 육체에 넣어주어
끝났다고 생각함에
그것이 새로운 여정의 새로운 시작이더라

한숨을 한번 길게 뱉어내니
동글동글 번뇌도 함께 나와 흩어지더라

예수님과 부처님은
억만년 세월 흘러흘러도
인간을 포기하기를 포기하지 않으셨으니
그 자비로움과 그 자애로움이

오늘도 한 명의 누군가의 마음속의 꽃이 되어 피어나노니

내일도 또 다른 내일도
인간들의 마음속의 어여쁜 꽃들은 앞다투어 피어나기를 주춤치 아니
하고
소복한 꽃들이 피어피어 하나 되니

드디어 그대가 곧
예수님이고 부처님이 되어있더라

그로서 세상은 밝은 영혼의 작은 빛들로 가득 찰 것이
그것이 내가 보고 있는 인간의 미래인가 하노라

인간은 사랑이고 포용이고 평화로움이고 자비로움 그 자체이고 인간
은 세상에서 가장 사랑을 받아 마땅할 존재임을 우리 스스로가 보여
줄 것이오니 그 광활한 우주의 지대한 힘이 우리를 끌어들여 하나로
만들어 주심에 드디어 우리는 하나의 크나큰 무한대 가능성의 우주
가 되어있더라

20220507

사랑으로 인류를 그리며

겸손하고 순종적이며 그러함에도 기품과 지조를 품위 있게 지키는 것

우리의 가장 큰 매력이겠더라

활발하고 진취적이나 그러함에도
도를 넘지 않는 절제된 인간미 또한

우리의 가장 멋진 부분이겠더라

그림같은 사랑과
넘쳐나는 정의와
쏟아지는 용감도
빠질 수가 없는 부분이겠더라

바람 따라 구름 따라 끝없는 자유 속 그
빛나는 상상력과 빛나는 포용력 또한
더해져야 마땅하겠더라

하늘은

부족한 내가 부족한 그대를
무한대로 사랑하게 하시었다

그로 인해

사랑의 진실 된 의미를 깨닫게 하시고
인간의 사랑의 그 황홀한 경지를
세상에 널리 알리어 모두의 것으로 하도록 하심으로써

이 세상이

태초의 사랑의 의미를 다시 한번 되새기고
본연의 사랑 뿐이었던 순수한 그 마음을 다시 한번 찾아내어
사랑으로만 인류의 역사를 쓰도록 하게 하는 것에
그대와 나의 사랑의 진정한 의미가 있는가 하노라

20220507

세월이 유수구나

젊은 시절은 짜증과 불만으로 허비하고
중년 시절은 불안과 걱정으로 허비하고
노년 시절은 후회와 고독으로 허비하고

그것이 세월이더냐
참으로 야속하기도 하구나

세상사 살아 보면 다 별거 없다 하지만도
그 별거 없음 속에
슬픔도 눈물도 고뇌도 번뇌도 있겠으니
사람 사는 것이 무엇인 것 같더냐

누가 함 말해 보거라

내 살아온 인생 무심한 듯 재어보니
길지도 않고 짧지도 않았더라

만은

웃음이 너무나도 적었고
만족이 너무나도 적었으니

불현듯 돌이켜보니
회심의 미소만 살짝 지어지는구나

그렇다면

앞으로의 인생은
기쁘게 즐겁게 알차게 야무지게 살아야 하겠지만도

인생길 동행에 떠오르는 그대는
너무나도 가깝고 멀고 찬란히도 빛이나니
내 떠나지는 아니하고
그대 바짓가랑이는 붙들고 끌려가려 한다오

그래도 좋다 허니 사랑이란 이런 것인가

먼지 같은 인생길에 바람같이 만났으니
이러한 인연이 또다시 올까 싶소

귀한 것이라오

참으로 귀한 것이라오

오늘도 먹구름 뒤 찬란한 빛이 보임은
그대 향한 내 순수하기 그지없는 맑은 심장의 이슬 같은 눈물 때문인
가 하오

보고싶다

사랑한다

몹시도

20220508

오늘도 사랑 많이

그대는 매우 소중한 존재이니라

그 누구도 그대를 하찮게 대할 자격이 없느니라

오늘도

그대는 행복할 자유가 있고

오늘도

그대는 사랑받을 자유가 있느니라

오늘도

그대는 고뇌와 번뇌와 함께하겠지만도 그것은 행복의 답을 찾기 위함이지 그 이상 그 이하도 아니니라

스스로의 해답을 찾은 자 스스로의 가능성을 여는 것이니라

해답은 늘 본인의 마음속에 있겠으니 늘 정진을 하여 그 해답을 찾아 지치지 말아야 하느니라

하느님은 광활한 우주에서 부처님은 광활한 대지에서 인간의 모습으로 우리 곁에 오셨으나

나약한 인간의 육체 속에 그 가능성을 가두어 두시지 않으셨고 인간의 고뇌와 번뇌를 직접 겪어 보시고 스스로의 깨달음으로 우주의 신비로운 진실을 다시금 보셨으며 드디어 행복으로 가는 그 해답을 다시금 찾으셨으니 이것이 진정한 가능성의 무한대였더라

미욱한 우리는 그분들의 경이로운 발자취를 따라가는 것만으로도 힘에 부치고 버거운 것 같았으나

진실의 맑은 물을 다시금 비추어 자세히 보고 보니

그분들이 찾으신 행복으로 가는 길은 의외로 진실되게 간단하였더라

오늘도
서로의 주변과 서로의 세상에 사랑의 꽃씨를 뿌려 주는 것뿐이었으니
진실로 진실되게 그것 하나뿐이었더라
오늘도

사랑합니다
감사합니다
행복합니다

의 마음을 잃지 않고 지키는 것뿐이었으니
사랑만이 행복에 대한 진실된 해답이라는 가르침뿐이었더라

20220510

사색을 하며

새소리를 들으며 마음을 기쁘게 하고
물소리를 들으며 마음을 풍요롭게 하며
바람소리를 들으며 심신을 맑게 하고
사랑의 노래를 들으며 그대에 대해 생각하노라

난 왜 그대를 좋아할까

사람이 사람을 좋아하는 것에는 많은 이유가 있겠고 또 없을 수도 있
겠으나
나의 사랑의 근원은 무엇일까

내가 또 이리 분석 아닌 분석을 해 보니
그대의 마음이 아닐까 싶소

그대는 이쁜 마음이 있는 사람이면서도
그 이쁜 마음이 또 하늘의 장난으로 이쁜 외모에 숨겨져 있었으니 이
완벽한 것이 없는 이 부족한 세상에서 그대가 그렇게 완벽하게 보인
것이 아닌가 싶소

20220510

아름다운 세상을 만들고 싶더라

아름다운 세상을 만들고 싶더라
세상의 대지 위에는
아롱다롱 예쁜 꽃들이 흐드러지게 피어나고
세상의 마음속에는 예수님 부처님의 맑은 꽃들이 흐드러지게 피어나
는 그러한 세상을 만들고 싶더라
비록 부족한 것이 많은 우리들이겠으나 미래의 우리는 이러한 세상
에서

서로 존중하고
서로 아껴주고
서로 사랑할 것
이니

아이들의 얼굴에는 웃음꽃일 것이고
어른들의 얼굴에도 웃음꽃일 것이고
어르신들의 얼굴에도 웃음꽃일 것이고
며

또한
사랑하는 사이는 더욱 사랑으로 꽃필 것이고
원수 같던 사이도 서로를 마주보며 두 손잡고 웃을 것이고
세상은 드디어 미움과 질책은 없고 사랑과 포용만 남을 것이겠으니

이러한 세상에서 살고 싶더라

그리고 그 아름다운 세상을 여러분들과
천년만년 공유하고 싶더라

그렇게 비로소 우리는 진정한 예수님과 부처님의 자식이 되어 그들을 성심껏 섬길 것이니 우리들의 마음속의 솟구쳐 오르는 자비의 마음은 그 누구도 막을 수가 없을 터 드디어 우리도 작은 그러나 힘 있는 성스러운 존재가 되어 있더라

허황한 꿈만 같은 그러나 허황한 꿈이 아닌
우리의 개개인의 마음속의 사랑의 꽃씨 한 알이면 충분한

사실은 매우 이루기 쉬운 꿈이더라

오늘도 사랑의 꽃씨를 와장창창 뿌려드리오니 한 알씩만 주워 담아
손바닥 위 광활한 우주 속에 심어두시와 그러함으로써 좁은 마음은
한없이 넓어지시어 우주 넘쳐흐를 것이오니
드디어 세상사 고뇌 번뇌 보잘 것이 작아지어 그 존재 자체조차도 희미해지더라
육체는 작지만은 마음은 창대히도 넓으니 이것이 인간의 무한대의
가능성이더라

우리는 할 수 있더라
서로 무한정 사랑을 할 수 있더라

사랑한다 이 세상의 유무의 존재들이여
사랑한다 내 사랑하는 우주 최강 그대여

사랑한다
아멘타불

예수님 부처님의 말씀은 참으로 아름답더라♡

20220512

세탁기

전기를 넣으니 깨끗한 물이 차르륵 차르륵 흘러들며 세탁기는 더러 워진 옷가지들을 깨끗한 물로 채우며 신나게 돌아갈 준비에 분주하 더라

바닥에 쭈그리고 앉아 세탁기를 쳐다보니 저 뿌옇기는 하나 햇살 맑 은 하늘 어딘가에서 삐쫑삐쫑 새소리가 세상 경쾌하니 넌 왜 그리도 노래를 잘하니 하고 진심으로 부러워하는 이 태생 음치의 마음속 웃 음이더라

기분이 우울했음은 세상사 참으로 더럽구나 하는 매우 짧은 인생 소 견에서 오는 잘 알지도 못하는 무지에서 오는 매우 좋지 않은 부정적 인 생각 때문이었겠으나 이리 쪼그리고 앉아 신나게 돌아가려고 하 는 세탁기를 조용히 보고 있으니 세상이 깨끗해 보임은 내 마음의 혼 탁함이 지워졌나 하는 것에 그 근원이 있는 것 같더라

늘 그러하듯 더러움이 있으니 깨끗함이 있는 것이요 미운 것이 있으 니 이쁜 것이 있는 것이거늘 그것의 반반의 추구이냐 물어본다면 딱 히 그런 것은 아닌 것 같더라

세탁기 속 더러워진 세탁물 깨끗해져 싱그러운 냄새를 풍기겠고 또 세상의 혼탁함에 찌들어 빨 때가 되면 또 한 번 돌리고 돌려 그 본연 의 모습을 최대한 찾도록 해 주어야 하는 것과 같이

이 싱그러운 아침 돌아가는 세탁기에게 내 잠깐의 더러워진 영혼을 맡겨 빨아 완전히는 아니지만 그래도 싱그럽기만 한 깨끗한 영혼의 옷가지를 산뜻하게 차려입고 하루를 시작하며
세상의 혼탁함의 먼지를 최대한 뒤집어쓰지 않고 되도록 깨끗함을 유지해 집으로 다시 돌아와

고요한 밤의 고요함의 명상을 빌어 그 혼탁함의 정도를 아직은 맑아 있을지 모를 영혼의 모 조각 부분으로 다시 한번 비춰 보다 그것에 수긍을 하며

조금은 평온하지 못한 반성을 겸해 잠자리에 들고

또 이렇게

천덕꾸러기 자유의 새의 오케스트라까지는 아닌 맑은 노랫소리를 들으며 이른 아침의 세탁기에 영혼의 빨래를 맡기는 것이니라

좋구나

오늘도 참 좋은 아침이구나

싱그러운 하루 되시길

ㅎㅎ

20220513

달아♡

달아 달아
수줍은 달아

구름 따라 감춤의
이유는 무엇이더냐

님아 님아
보고픈 님아

상사 따라 마음의
아픔은 무엇이더냐

하늘 덮인 구름은 거북등 껍데기
선들바람 불어와 처량함만 더하누나

하~

인생사 이모저모
오늘도 책 한 편
조각 모음 모으니
사랑 글자 선명하구나

좋다

물웅덩이 비친 저 못난 못난이
나라고는 하지만
스스로 예쁘다 최면 걸어 기적 부르네
이쁘다

이 세상에 나보다 이쁜이 어디에 있을까나

없다

좋다

그러하니 님이여
가실능랑 마시오

한 번 가면
다시 없을
유아독존 나
나이지를 않겠소

얼쑤

20220513

498

♡달아♡

가네 가네
달이 가네

님을 찾아
달이 가네

검푸름 속 밝게 빛나
사랑 찾아 달이 가네

가네 가네
달이 가네

님을 찾아 달이 가네

속상함 속 녹아 내려
반쪽 찾아 달이 가네

하늘 공간 어딘가에
같은 순간 어딘가에

만남 없는 만남 찾아
가네 가네 달이 가네

20220513

499

사랑에 대해

ⓒ 채송화, 2022

초판 1쇄 발행 2022년 12월 12일

지은이   채송화
펴낸이   이기봉
편집   좋은땅 편집팀
펴낸곳   도서출판 좋은땅
주소   서울특별시 마포구 양화로12길 26 지월드빌딩 (서교동 395-7)
전화   02)374-8616~7
팩스   02)374-8614
이메일   gworldbook@naver.com
홈페이지   www.g-world.co.kr

ISBN   979-11-388-1477-5 (03810)